依存性失恋マニア

CROSS NOVELS

浅見茉莉
NOVEL: Mari Asami

古澤エノ
ILLUST: eno Furusawa

CROSS NOVELS

CONTENTS

CROSS NOVELS

CONTENTS

依存性失恋マニア

「――ごめん」

いつも柔らかな笑みを絶やさない安藤《あんどう》の眉間《みけん》に寄ったしわを、副島樹《そえじまたつき》はぼんやりと見つめた。

「……え？」

週末の十九時を過ぎたカフェは、席を選べない程度に混んでいた。それぞれここでひと息ついてから、食事やら各種アトラクション（ホテルを含む）やらに移動するのだろうと思われる。

かくいう樹たちも、いつもこの店で待ち合わせて、食事かホテルというパターンが二か月目に入ろうとしていた。

しかしどうやら今夜は違うことになりそうな雲行きに、樹の期待は急激に膨《ふく》れ上がった。

ついに来たか？　でもここまで引っ張ったんだから、もうちょっと新展開が欲しかったような気も……。

安藤は視線をテーブルのカップに据えたまま、口を噤《つぐ》んでいる。間違いない。これからの流れは確実に予想がつく。それでも、いや、だからこそ樹の気が急《せ》いた。

つきあい始めて、というか、なんとなく関係を結んでひと月。その間、毎週末とウイークデーに数回デートを重ねた。通算十回目くらいの顔合わせだろうか。

「……なに？」

痺《しび》れを切らして、樹は先を促した。あまり新鮮な喜びはなさそうだが、そろそろ刺激が欲しいころあいでもあったから、始まった以上は楽しませてもらおう。というか察した時点で、樹のほうは臨戦態勢に入っている。

せいぜいキツイ一発を頼むよ。

躊躇《ためら》うように顔を上げた安藤に、樹は鼓動が高鳴るのを感じながら祈った。

「……ずっと考えたんだけど、やっぱり無理だと思う」

「無理って？」

曖昧《あいまい》な言葉に、樹は苛立《いらだ》ちを感じながら訊《き》き返した。できるだけ言葉を選んでいるのはわかる。優しい男だから樹を気づかって、なるべく傷つけないようにしようとしているのだろうけれど、それは逆効果だ。ガツンと言ってほしい。

「えっ、だから……」

樹の目つきが険《けわ》しくなっていたのだろうか、安藤は怯《おび》えたような表情で口ごもった。

いいからやめるなよ！　続けろ！

樹の心の声に従うように、安藤が口を開く。

「……きみとこれからもつきあうのは、できない……かな、って……」

「俺を振るってこと？」

「……ごめん」

蚊《か》の鳴くような声に、樹はため息をつきながら背もたれに身を預けた。

失恋完了――。

しかしなんともすっきりしないというか、カタルシスが得られないというか、正直なところまったく期待外れだった。

「——だし、きみが悪いわけじゃないんだ。俺に覚悟がないだけで——」

安藤はくどくどと言いわけを並べていたが、ウザいばかりでまったく胸に響かない。一か月とはいえ、食事したりエッチしたりと曲がりなりにも世間でいうところの恋人同士だったにも関わらず、失恋の醍醐《だいごみ》味が味わえない。

なんのために今日までつきあってきたと思ってんだよ……。

地道に温めてきた卵がようやく孵《かえ》ったかと思ったら、中身が空だったような気分でがっかりしてしまう。

「……わかった。今日までありがと。じゃあ——」

自分の分の代金を置いて席を立とうとすると、ほっとしたような顔の安藤は千円札を樹に握らせた。

「俺が出しておくから」

そうだな。そのくらいはね。

樹は頷《うなず》いてカフェを出た。

雑踏を歩く道すがら、だんだん腹が立ってきた。すれ違うカップルに、我知らずガンをつけてしまう。

ぜんっぜんすっきりしない！

せっかく今日まで着々と実績を重ねてきたというのに、その労力に見合った結果が得られず、悔しいといったらない。

やっぱ下手《へた》に優しい男はだめだな、うん。いざってときの勢いがない。俺が鈍感だったら、振られたのに気づかないって。

それに、やはりきっぱりざっくり振られたい。さもなければ不意打ちとか。冷たく突き放されるのがいい感じだが、嫌悪感丸出しで罵《ののし》られるのもそれはそれでイケる——そんなことを考えながら歩いていると、すでに安藤の件は記憶から抜け落ちていった。名前よりも九十九番というナンバリングで、樹の心の失恋ファイルに並べられていく。

次は記念すべき百番目かあ……。

気持ちは早くも次の恋に、いや、失恋へと向かっていた。まだ影も形も見えないその相手と、ぜひとも記憶に残る失恋をしたいと、樹は拳《こぶし》を握りしめた。

いつのころからだろう、自分が失恋することに興奮と喜びを感じるタイプだと気づいたのは。はっきり自覚したのは、十七歳のときにつきあった同級生の女子と、わずか二週間で破局を迎えたときだった。

奇《く》しくも先ほどの安藤と同じく、「たっちゃんとは無理」と言われたのだったが、傷心を抱えて帰る道すがら、徐々に高鳴っていく鼓動とウキウキ気分に気づいた。もしかして別れたことに自分も喜んでいるのか、本当は彼女を好きではなかったのかと愕然《がくぜん》としたが、失恋の痛手ならぬ快感は依然として消えなかった。

そんな自分を不可解に思いながらも、ほどなく次の恋の相手に巡り会い、またしても一か月足らずで別れを切り出された。その相手がちょっとやんちゃなタイプで、平手打ちのおまけつきだったのだが、樹は前回以上に浮かれている自分に気づいた。

やっぱり……俺って、振られて喜んでる？

そんなばかな、と当時は思ったのだ。あり得ない話だ、と。

だからもしかしたら相手が悪かったのかと——つまり本気で好きになっていなかったからなのではないかと考えて、告白されるままにつきあってみた。ついでにちょっといいなと思った相手には、自分からも告ってみたりした。

今になってみれば、そんな気持ちでつきあったり告白したりしてうまくいくわけもないとわかるが、案の定、すぐに破局や拒否となった。しかしそのどれにも、樹はたまらない快感を覚えたのだ。

失恋マニア——そんな言葉があるのかどうか知らないが、自分は間違いなくそれだと確信して以来、樹は以前にもまして告白や交際に努《つと》めた。その後に待つ破局の瞬間を目指して。

そんな高校生から始まった失恋記録が、二十六歳になった今、九十九回という華々しい数値に達した。告白して振られるのまで含んでも、十年足らずでこの回数は、なかなかのものではないだろうか。

失恋に快感を覚えるという妙な性癖も、自分で認めてしまえば案外気が楽だった。なにより人間というのは、気持ちいいと感じることに弱い生き物で、それがふつうじゃなかろうと止めるなんてできないものなのだ。

性欲過多なハイティーンよろしく、やみくもに数をこなして失恋を繰り返す時期を過ぎると、内容にこだわるようになった。いわゆる量より質というやつだ。どんなシチュエーションでどんな振られ方をすると、よりダメージ《快感》が大きいかを考え、できるだけ理想とする方向に流れを持っていく。

並行して新たな発見もあった。幸か不幸か樹はそれなりに見た目も整っていたので、相手の調達には苦労をしなかったのだが、女の子が相手だと総じてパンチが足りずに不満を感じるようになったころ、男からアプローチを受けた。

少しでも失恋のきっかけが欲しい樹としては来る者拒まずなので、ＯＫしてつきあいだしたところ、やはりうまくいかず（主にエッチ方面で。そこまでする気になれなかった）に別れを切り出された。野太い声で罵られるのはなかなか新鮮で、そのとき男も悪くないと思った。

そうやって同性とも積極的につきあううちに、比重が男に傾き、今やほぼ相手は男になっている。

理由としては、交際に至った場合の負担が少ないこと。持ち出しが少ないのももちろんだが、妊娠など万が一のリスクを相手に負わせることもない。

なにより大きなポイントは、早々に破局を迎える可能性が格段に高い。こちらから告白などしようものなら、ほぼ断られるので、手っ取り早く失恋を味わいたいときには、男相手が間違いない。

交際に進んでも一過性の関係が多く、また身体の関係というやつも多い。最初は躊躇っていた樹だったが、失恋の機会を手に入れるために背に腹は代えられず身を任せるようになってからは、それなりに肉体的な快感も得るようになった。

そしてどんなにラブラブな時期があろうとも、現実が目に入ってくると別れが見えてくる。同性同士の関係は世間的にまだまだマイノリティで、その壁の前に失恋となるのだ。

破れた恋をはかなんで、哀れな自分を俯瞰《ふかん》するその快感たるや――。

それなのに、なんということだろう。今夜の失恋のお粗末さ。

樹はがっくりと肩を落として、年季が入った樫材《かしざい》のドアを開けた。

「いらっしゃ〜い！　あらっ、たっちゃん！　どうしたの、そんなしけた顔して」

二丁目のバー『アンクル』に出入りするようになって四、五年になるだろうか。短髪に青いひげ剃《そ》り跡を隠すようにファンデーションを塗ったママが、小指を立てて頬《ほほ》に手を当てた。

「振られたんだよ」

樹は短く答えると、カウンターのスツールに腰を下ろした。隣の客に軽く頭を下げる。初めて見る顔だ。

「きみみたいな子を振る奴がいるんだ。贅沢《ぜいたく》だなあ」

お世辞か社交辞令か、男はグラスを手に苦笑する。

あっ、こいつの笑い方、九十九番に似てる。

もはや名前が出てこないが、九十九番で充分だろう。

「そうじゃないの。たっちゃんの場合は、失恋が趣味なのよ。ていうか、もはやマニアの領域よね」

コースターの上にビールのグラスを置いたママの説明に、男は目を見開いた。

「失恋が？　冗談だろ」

「それがマジなのよねー。それよりたっちゃん、振られたなら願ったり叶ったりじゃないのよ。なんでぶすくれてんの？」

「だってさあ、全然なってないんだもん。ごめん、とか無理、とか。振るならもっときっぱり切れっての。恨《うら》まれたり悪者になったりしたくないってのがミエミエで……それ見てるだけで萎《な》えた。あれなら、『てめえのツラなんか二度と見たくねえ！』って尻を蹴飛ばされたほうがずっとマシ」

まだ隣から驚きの視線を注がれているのを感じながら、樹はビールを一気に飲み干して、グラスをママに突き出した。

「あーあ、九十九回目は久しぶりにスカだったー」

「九十九回！　こりゃあ本物だ」

呆《あき》れるのを通り越して感心しているらしい男に、ママがグラスにビールを注ぎながら首を振る。

「おだてるようなこと言わないで。失恋したくて相手を見つけるなんて、まっとうじゃないわよ。

とんだ捻《ひね》くれ者だわ。だいたいたっちゃん、あんたそうやってつまみ食いするせいで、こっちに回ってくる男が減るんだからね」

「おかげさまで。無駄に顔がいいもんで」

「きいいっ、性悪だったら！」

悪態をつくけれど、ママが樹のことを心配してくれているのはわかっていた。別れ際のきれいな相手ばかりじゃない、今に刃傷沙汰《にんじょうざた》になるんじゃないかと、面と向かって説教されたこともある。

しかしこればかりは、わかっていてもやめられない。それに振るのではなく、相手から振られるのだから、そう問題もないだろう。まあ多少、こちらから誘導することはあるにしても。

「でも、次はじっくり吟味《ぎんみ》して選ぶから。なにしろ百人目だしね」

樹がグラスを口に運ぼうとすると、隣から男がグラスを合わせてきた。

「俺なんかどう？　けっこういい仕事するし、お勧めだと思うけど」

九十九番に似た人のよさそうな笑顔を見せるが、存外ふてぶてしい。ちょっとSが入っていそうで、たしかに愉しませてくれるかもしれない。

しかしママが手を伸ばしてグラスを離した。

「だめよ、舘《たち》さん。可愛い彼氏を泣かせる気？　言いつけちゃうわよ」

「えっ、舘さんっていうの？」

樹が違うところに気をとられて訊き返すと、舘はにやりとした。やはり柔和な表情は表向きで、今の顔が本性なのだろう。

「そう、タチの舘さん」

「いいねー。でも、もうネタバレしてるし。舘さんとじゃお芝居にしかならないじゃん。それに、三角関係の修羅場とかは趣味じゃないんだ」

「なんだ、残念。でも人選に時間がかかって、ストレスがたまるようなら連絡して。ノーカウントで相手になるからさ」

あっさり引いたようで繋《つな》がりをつけておこうとする舘に、樹は内心苦笑した。セックスよりも失恋のほうが、ずっと快感が大きい。寝るだけの相手を探す気はない。

舘がスマホを取り出したのを見て、連絡先の交換を求められそうだと察した樹は、残りのビールを飲み干すとスツールから腰を上げた。

「ごちそうさま、帰るね」

「あら、もう？」

「今度初めてひとりで担当させてもらうんだ」

樹はインテリアコーディネートの事務所に勤めている。スタッフは十人足らずの小さなオフィスだが、オーナー社長は新進気鋭のインテリアデザイナーとして名を馳《は》せており、著名な店舗をいくつも手掛けている。

「まあ、すごいじゃない！　ついに一本立ちね。いいわ、今日はアタシの奢《おご》りよ」

「ほんと？　ごちそうさま。また来るね」

ママとならもう少し話して自慢したかったが、舘がいるのでまたの機会にしよう。

樹が任されたのは個人邸だが、タワーマンションのペントハウスで、５ＬＤＫという堂々とした物件だった。しかも樹を名指しで依頼が入ったという。

そもそも樹が今の職場である『オフィス・デコラ』に入ったのは、『オオミネ建設』というゼネコン勤務の従兄《いとこ》・副島慎太郎《しんたろう》の口利《くちき》きだった。大学は建築学部デザイン学科だったが、なんとなく建築デザインよりも内装やインテリアのほうに興味が移っていったので、まさに願ってもない就職先だった。

先輩スタッフに付いて実務を重ねて三年余り、最近は個人宅や小さなカフェなど、中心になってやらせてもらったこともあるが、完全にひとりで担当するのは初めてで、気合も入りまくっている。

でも……よく指名してくれたよなあ。

慎太郎が言うには、青山《あおやま》のフレンチレストランの内装を気に入ってのことだそうだが、そこで樹が主に担当したのはレストルームだ。

トイレにこだわりがあるってことか……？

依頼人はコンピューターソフトプログラマーとかで、ちょっとした当たりを出したらしい。それでマンションを購入し、内装を任せたいということだった。

ちょっとした当たりくらいで、港区《みなとく》のタワーマンションがゲットできるものなのだろうかと、門外漢の樹などは疑問に思うのだが、世界の長者番付にIT系のトップが食い込んでいる昨今だ。実際、インターネット利用人口は膨大なものだろうし、今後も増加する一方だろう。

そこで利用価値のあるソフトが開発されれば、猫も杓子《しやくし》も手を出すのは想像がつく。ネットでいいと評判が上がれば、その伝播の速さと広がりは半端ない。

意外と知らずに俺も使ってたりして。

電車に揺られているとメール着信の振動が伝わり、樹はスマホを取り出して操作した。

【月曜日、打ち合わせだな。頑張れよ。最近体調はどうだ？】

発信主は慎太郎だった。本人も忙しい身なので、頻繁に顔を合わせることはないが、事務所に紹介した手前気になるのか、ちょくちょくメールは送られてくる。

樹は手早く返信して、ふっと口元を緩めた。

相変わらず心配性だな、慎《しん》ちゃんは。

慎太郎がメールで気づかっていたのは、昔の交通事故のことだ。高校一年の終わりに樹はトラックに撥《は》ねられ、二日間意識不明だったことがある。

事故そのものは、乗っていた自転車に接触され、弾き飛ばされて路肩から三メートルほど斜面の草地を転がり落ち、樹木にぶつかった。その時に頭を打ったらしい。外傷は左腕の骨折だけだった。

意識回復後様々な検査を行ったが、特に異常はなく、十年が経とうとしている今もなにも問題はない。のんきなガキだった事故当時の思い出は、すぐに春休みに入ってしまって、学校を休むチャンスがなかったのが残念だっただけだ。

しかし家族や周囲の人々にとっては、樹の意識が戻らなかった二日間はけっこうな修羅場だったらしい。ことに当時大学生だった慎太郎は、事故の直前に樹にメールを送っていて、そのせいで樹が気を取られて事故に遭《あ》ったのではないかと、気が気ではなかったようだ。

その日、樹は慎太郎から新譜のCDを借りる約束をしていたのだが、いつまで経っても来ない樹に送った来訪を急かすメールは、けっきょく気づかれることなく、数日後に病室で開かれることになった。

それを伝えて、慎太郎は事故にまったく無関係だとわかってからも、折に触れて樹の体調を気づかうのは変わらない。もう十年になるのに。むしろ慎太郎にトラウマを残してしまったのではないかと、樹のほうが申しわけなくなるくらいだ。

しかし今回こうして初の担当が持てたのも、慎太郎が事務所を世話してくれたからでもあるわけで、彼には感謝している。

メール画面を閉じた樹は、続けてスケジュールメモを表示した。ここのところ暇さえあれば開いているので、一言一句記憶してしまっているが、それだけ嬉しくて、気合が入っているということだ。

十月十七日月曜日　十一時　港区芝浦《しばうら》　グローリータワー３５０１　加藤木《かとうぎ》祥孝《よしたか》氏
グローリータワーは建設中から注目していて、実はモデルルームを閲覧《えつらん》したこともある。

もちろん樹なんかには手も足も出ない物件だから、購入なんて一度も考えたことはなかったが、そのインテリアを請け負えるのはとても嬉しい。個人的には、料金なんて貰《もら》わなくてもやりたいくらいだ。

外観もスタイリッシュだからな……仕事もＩＴ系だし、思い切ってスチールとか強化プラスチック素材の家具とかでもいいかも。

まあ、家主の希望が第一のわけだが、それでもイメージは膨らんだ。

ひとまず百番目は置いておいて、仕事に専念しようと樹は思った。


月曜日、樹は十一時十五分前から、グローリータワーのエントランスロビーで、依頼人の登場を待っていた。

ホテルと見まがうようなロビーは、コンシェルジュカウンターや出入りする住人のハイクラス感が、より樹の心を高まらせた。

あっ、あのウォールライトいいな。天然木っぽいけど、樹脂か？

判然としなくて、樹は正体を確かめたくてうずうずしてきた。十分以上もひとりで座っていた挙げ句、壁のライトをじろじろ見たりしたら、不審者と間違われるだろうか。

でも……確認したい！　もしかしたら似たようなライトを探すかもしれないし、品番とか、せめてメーカーだけでも。

内心の葛藤の末、己の欲求に従った樹は、コンシェルジュカウンター横の壁に歩み寄った。目当てのライトは頭上五十センチほどにあって、目を細めて凝視した結果、カバーは天然木を精巧に模した樹脂だと判明した。

あ、品番がある！　えっと……N、W……5？　いや、6……？

逆光で黒く沈んだライトカバー底部を、樹は壁に張り付くようにして見上げた。

……84……1、いや、Iか？　どっちだ？

頬まで壁に押しつけて上方を睨《にら》みつけていると、肩を叩《たた》かれて樹は我に返った。まずい。完全に怪しい人になっていた。

「うわあ、すみません！　すてきなライトだったもんで、つい見入っちゃって。あの、決して怪しい者では――」

振り返った先には、長身の若い男がいた。てっきりコンシェルジュか警備員に誰何《すいか》されたのだと思っていた樹は、革のライダースジャケットにブラックデニムというラフな出で立ちの男に、二度びっくりした。

「……あれ……?」

考えてみれば、スタッフならばまずは声をかけるだろう。いきなり肩トントンはない。

しかしそれならば、トントンしてきたこの男は誰なのだろうという話になる。

それにしても背が高い。サバを読んで百七十五センチと主張している樹よりも、拳ふたつ分ほど長身だった。

歳はそう違わないだろう。三十はいっていない。きりりとした眉《まゆ》に切れ長の目、真っ直ぐな鼻筋と少し肉厚の唇《くちびる》というパーツが絶妙に配置された、文句なしのイケメンだ。

しかし見覚えはない。仕事で会ったことも、プライベートで会ったことも。学生時代に遡《さかのぼ》っても、ない。

だいたいこんないい男だったら、忘れるわけがないのだ。

……で、誰……?

気安く肩を叩いて、今はわずかに口端を上げている。笑顔とまではいかないけれど、友好的な表情だろう。

「待たせたか? 時間ちょうどだと思ったけど」

男はロビーの反対側の壁にかかったシンプルな時計を振り返った。つられてそちらに目をやった樹は、十一時を示す時計から再び男に視線を戻す。

「……え……？」

十一時にここで待ち合わせていたのは、ペントハウスのオーナーで依頼主である加藤木祥孝だが、まさかこの男が本人だというのだろうか。

いや、そんな……だって、グローリータワーだぞ。コンピューターソフトでひと山当てたとしても、若造には無理だろ。

公《おおやけ》にはされていないが、住人は大企業の役員クラスや芸能人が名を連ねていると聞く。実際、それっぽい雰囲気の人々が出入りしているのを、樹もこの目で見たばかりだ。どう考えてもこの男が住人のひとり、それもペントハウスの持ち主には見えない。

しかし男は、当然のように樹を見つめている。

……あ、もしかして代理人とか？　急に都合がつかなくなって、アシスタントを寄越したとか。

それなら納得だと、樹は落ち着きを取り戻して、ブリーフケースから名刺入れを取り出した。

「『オフィス・デコラ』の副島樹と申します。このたびはよろしくお願いいたします。えっと……加藤木祥孝さまの代理の方でしょうか？」

名刺を差し出すと、男の眉間に縦じわが寄った。

「本人だ」

えっ!?

声こそ出なかったが、樹は息を呑《の》んで男――自称加藤木祥孝の顔をまじまじと見つめた。

うっそ、マジで？　だって若いじゃん。絶対二十代だろ。それともすげえ若作りとか？

しかし肌ツヤといい、毛髪の勢いといい、筋肉の張り具合も、まがい物ではない若々しさを示している。

そして不満げな表情からも、嘘《うそ》は言っていないのだと察せられた。

「冗談だろ？　わからないのか？」

思いきり不審そうな表情と恨めしげな低い声に、樹はぎくりと身を震わせる。

ＩＴで名を馳せた自分を知らないのかということだろうか。はっきりいって世界的な有名人でもない限り、一分野のちょっとした成功者なんて、門外漢には名前も顔もわからないものだ。実際、依頼が来るまで、加藤木のことだって知らなかった。しかし――。

まずい。クライアントの機嫌を損ねるなんて、絶対的な禁止事項だ。

社長の藤崎《ふじさき》はチャラい見かけに反して、礼儀作法や接客態度にはきびしく、顔を合わせるたびに念を押されている。

その教えの一環で初対面の今日は、樹もスーツを着用していた。普段はユルい格好なのでヘアスタイルもそれに見合ったものだから、我ながら似合わないことこの上ない。

そうやって出向いたのに、のっけから地雷《じらい》を踏むなんて……。

「し、失礼しました！　予想以上にお若いので、つい……」

「申込書には歳も書いたはずだけどな」

「…………」

口は禍《わざわい》の元。言いわけしようなんて思うと、こんなふうにまた墓穴を掘る。

すみません……見てませんでした……。

グローリータワーのペントハウスというだけで、樹にはもう充分だった。加藤木が何歳だろうとなんというソフトを開発したのだろうと、どうでもいい。

「改めまして初めまして！　よろしくお願いします！」

深々と頭を下げて、なんとか機嫌を直してもらおうと祈っていると、小さなため息が聞こえた。

「まあいい。部屋を見てもらおうか」

踵《きびす》を返した加藤木の後を、樹はあたふたとついて行った。身長差のせいか脚の長さの違いか、加藤木の歩くスピードは速い。黒革に包まれた逆三角形の背中と、きゅっと締まった腰、ため息が出るほど長い脚を、つい舐《な》めるように見回してしまう。

いや、そういう意味じゃなくて。ていうか、さっきの今でそんな気になれないし。その前にこの人はクライアントだし。でも、なんか……。

なんだか既視感《きしかん》を覚えるような気がするのだ。この後ろ姿に見覚えがあるような。

しかし初対面なのはたしかだし、だいたい既知の相手ならあんなへまはしなかった。

ロビー奥にはエレベーターホールへ続く自動ドアがあり、認証カードをかざすと開くようになっている。住人以外の訪問者は、コンシェルジュカウンターで居住者に確認を取ってから入館できる仕組みだ。

加藤木はあっさりとドアを開き、エレベーターが六基並んだホールで立ち止まった。エレベーターも階数ごとに分けられていて、最上階のペントハウスは専用の一基がある。ペントハウスは二戸なので、ほぼマイエレベーターのようなものだろう。

最上階行きのドアが開き、樹は今さらながら内心肩を竦《すく》めた。

うわあ、やっぱり本物かあ……。

それにしてもふたりきりで密室というのは、まだ気まずい。最短で到着するとわかっていても、三十五階分の上昇は長い。

「……でも、すごいですね。その若さで分譲マンションなんて。才能ですね。俺なんて、パソコンは弄《いじ》ってても、ちょっとでも動かなくなったら、もうお手上げで――」

「いいよ、べつに持ち上げなくても。どうせ俺がなにに作ったかも知らないんだろ」

……ご明察。

その言葉を実際に口に出す前に、エレベーターが停止してドアが開いた。本物の物件を見るのは初めてで、樹の意識はすぐに目の前の光景に奪われる。

シンプルなエレベーターホールの左右に通路が延びていて、それぞれの玄関に向かっているようだ。

加藤木が一方の通路へ進んだので、樹も後を追う。

玄関ドア前は超シンプルだった。物件によっては門扉を備えていたりするが、そもそもエレベーターからして専用のようなものだし、さらにその前には認証カード提示の自動ドア、二十四時間対応のコンシェルジュカウンターがあるから、不要だろう。

両開きの玄関ドアはふつうより高さもあり、木材とアルミを組み合わせたシックで高級感のあるものだった。

「うわあ、いいな。サクラ材ですね。やっぱり木材だと雰囲気が出ますね」

樹は思わずドアに張りつき、飾り板や彫刻どころか木目まで観察する。

「細かいことはよくわからない。金属製のやつよりこっちのほうが好みだったから、選んだだけだ」

加藤木は面倒くさそうに答えながら鍵を開け、ドアを開いた。真新しい建材の匂《にお》いが、かすかに鼻先を掠《かす》める。

……へえ、意外。

樹は横目で加藤木を窺《うかが》った。ITなんて先端の仕事をしているから、たぶん住環境もサイバーチックなものを好むと思っていた。タワーマンションのペントハウスというのも、考えようによってはその一部だろう、と。

ドアの向こうは、十平米ほどの玄関ホールになっていた。壁は焦《こ》げ茶色の板張りで、床はカービングを施した大きめのタイル状の大理石を敷き詰めてある。

インテリア類がなくてがらんとしているのは、それを任されているのが樹だから当然としても、壁や天井の照明器具もなかった。ソケットが剝《む》き出しのままだ。

「あれ？　電気は――」

「それも込みのつもりでまだだけど、まずかったか？」

加藤木の問いに、樹は大きく首を振る。

「とんでもない！　光栄です！　ほんとに全部任せてくださるんですね」

マンションなどの場合は、室内のメインを除いてデフォルトの照明器具が取り付け済みのことが多く、あえてそこまで変更を望まないという依頼人も多い。しかしコーディネートする側としては、ぜひともトータルでやらせてほしいのだ。

「光栄って……」

加藤木はふっと口元を緩めた。その表情に、内装を注視していた樹の目が引きつけられる。

あ、その笑い方いい。ていうか、やっぱイケメンだな。

「じゃあ、端から見ていくか」

間取りは５ＬＤＫと聞いていたが、ワンフロアに二戸しかないだけあって、ひと部屋ひと部屋がゆったりしている。メインベッドルームは、専用のシャワールーム付きだ。

圧巻は三十畳のリビングルームで、アイランドを備えたキッチンが隣接しているものだから、さらに開けて見える。しかも今はなにも置かれていない状態なので、スカッシュでもできそうだった。

……さすが超高額物件。この若さでそれを買うなんて、ほんと何者なんだよ？　いや、ＩＴ長者なんだろうけどさ、それにしたって……。

もはやため息も出尽くしていた樹に、加藤木は窓の向こうを示した。

「そっちがルーフバルコニー」

「あっ、はい――広っ……！」

掃き出し窓に近づいただけで、樹はたじろいだ。ざっと百平米はありそうだ。

「なんか専用使用権とかで制限はあるらしいけど、その辺はそっちのほうが詳しいだろ」

「ああ、はい。ジャグジーとか、大掛かりな設置でなければＯＫだと思います」

あー、もう別世界だよ……。

物件のすごさにも驚いたが、これだけの空間をコーディネートするのに、果たしていくらかかるのだろう。もちろん予算との兼ね合いもあるが、最低限を揃《そろ》えるだけでもけっこうな出費だ。加藤木本人はまるで気にしていない様子だし、そもそもこの部屋を買って、さらにコーディネートを依頼するくらいだから、金はあるのだろう。

たぶん俺がこれまでで知ってるいちばんの金持ちだな。

「腹減ったな……」

ぼうっと景色を眺めてそんなことを呟《つぶや》く姿からは、とてもそうは見えない。ただの今どきのイケてる若者だ。

そう、しつこいようだけど、いい男なんだよ。あ、その角度もいい！　意外と睫毛《まつげ》長いんだなあ……。

樹が相手にした男の中でも、これほどのイケメンはいなかった。いや、いたかもしれない。しかしなんといったらいいのか、妙に琴線《きんせん》に触れる。一度視線を向けると、離せなくなるような。

初の単独担当で、おまけに願ってもみないような垂涎《すいぜん》の物件を閲覧していながら、依頼人のほうに気を取られるなんて、我ながら信じられない。

こんな人なら……。

ふと頭をよぎった考えに、樹は内心慌《あわ》ててかぶりを振った。

いやいや、それはナシ！　この人はクライアントだから。仕事の客だから。

そう自分を諌《いさ》めようとするのだが、一度湧《わ》き上がった思いは、ずんずんと膨れ上がっていく。

なにしろ次は記念すべき百回目の失恋だ。その相手として、この上ないハイスペックな人材ではないか。

樹の脳裏を様々なパターンで加藤木に振られるイメージが、走馬灯《そうまとう》のように駆け巡っていく。

超シンプルに「別れよう」と言われるだけでも、ものすごいダメージ《快感》が走りそうだ。

いいじゃん、百回目だし。今、ここで知り合ったのもなにかの縁だよ。失恋の神さまが俺に使わしてくださった相手なんだよ。

あれこれと言いわけを考えてみるが、けっきょくもう樹は加藤木を次のターゲットとして、照準を定めてしまったということだろう。九十九番の不完全燃焼が祟《たた》っていて、とにかくドカンと派手にすっきりしたいということもある。それもなるべく早く。

だから、加藤木をスルーする手はない。

「もういいか？」

「あ、はい。じゃあどこかで食事でもしながら、細かいリクエストなど聞かせてもらえますか」

室内に戻って戸締まりをしながら、樹はまず尋ねた。これはコーディネーターとしてでなく、失恋マニアとしての質問だ。

「ほんとにすてきな物件ですね。でも、ひとりで住むには広すぎるし……結婚とか、彼女さんと住む予定が？」

両親兄弟と同居という可能性もあるだろうが、それは関係ない。問題は、加藤木に特定の相手がいるかどうかだ。

いきなりの告白ならともかく、交際という形を経て破局に至る場合は、相手の身辺調査を疎《おろそ》かにはできない。彼氏彼女がいるのを知らずに関係したりしたら、それを巻き込んでの修羅場になる可能性もある。そっちの仲まで壊れることもあるだろう。

樹としては、そんな展開は望んでいない。というか、自分が失恋の快感を味わいたいのに、どうして他人の失恋まで面倒見なければならないのだ。

というわけで、恋人持ちは相手にしないことにしている。

「いや、まさか。まだ二十六だぜ」

加藤木の否定に、樹は心の中で拳を握った。

よし！　ていうか同い年だったのか。

それでこのマンションはやはりすごい。その財力を持つに至ったコンピュータープログラマーだかなんだかの才能もすごいし、なによりこの見た目だ。まさに百番目にふさわしい。相手にとって不足なし。

「そ、そうですよね！　まだ若いですもんね！　でも、モテるでしょ。街を歩いてたらナンパされたりしません？　ていうか、つきあってる人もいないんですか？」

念には念を入れて探っておく。

加藤木は怪訝《けげん》そうに眉をひそめながらも首を振った。

「いない。ついでに帰国してから、まだナンパされたこともないな」

「帰国……？　って……」

「高校でアメリカに行ってから、ずっとあっちだった。戻ってきたのはひと月前」

「そうだったんですか。じゃあマンションを買って、今後は日本暮らし？」

なるほど、アメリカでひと山当てたなら、かなり儲けたのかもしれない。なにしろアメリカンドリームなんて言葉があるくらいだ。

「ああ、そのつもり」

「どうですか、久しぶりの日本は。変わってます？」

なにげない世間話のつもりで訊くと、加藤木は樹を振り返った。じっと見つめられて戸惑う。

それ以上に、なんだか胸が高鳴る。

「変わってた……のかな。予想外で、正直困惑してる」

これは……もしかしてかなり脈アリなんじゃないか？　うまく持っていけそう？

交際相手の有無はクリアしたものの、次に問題となるのは、果たして加藤木が同性に嫌悪感がないかということだった。

総じてイケメンは寄ってくる相手に不自由しない分、男を相手にするなんて考えのほかなのがふつうだ。女に食傷した結果、男に切り替えたなんて者もいるが、そういうのはレアケースと言っていい。

まあ樹も失恋相手探しのハンターとなって長いので、ある程度ならノンケだろうと落とす自信があるが、生理的に同性は無理というタイプではどうしようもない。

しかし、加藤木はいけそうな気がする。そうと決まれば、押していくのみだ。

「そうですか！　お困りのことがあったら、なんなりと言ってください。これもなにかのご縁ですし、仕事抜きでもぜひ！」

加藤木が昼食に選んだのは、ベトナム料理の店だった。ランチタイムのラストオーダーに間に合ったので、フォーと揚げ春巻きのセットを頼んだ。

あ、パクチー追加しようかな……。

しかしパクチーは好き嫌いが分かれ、人によっては同伴者が口にするのも嫌がる。かくいう樹は、それが原因で失恋したこともある。

せっかく選んだ百番目にのっけから嫌われてしまっては、元も子もない。ここはおとなしく我慢することにしよう。

運ばれてきたフォーは半生の牛肉の色も美しく、パクチーの鮮やかな緑色と主張する香りも、樹の食欲をそそった。

一応、加藤木が箸《はし》を手にするのを待って、樹も箸に手を伸ばすが、思わずテーブルを凝視した。加藤木が自分の器《うつわ》から樹のほうへ、パクチーを移動させているのだ。

「あの……パクチー苦手ですか？」

「いやべつに。そっちが好きだろ」

どうして知ってる⁉　当てずっぽう？

それとも、どこかで会っていたのだろうか。しかしこんなに印象的な男なら、忘れるはずがない。それ以前に、加藤木はアメリカ暮らしだったはずだ。

では、一方的に見られたのか？　どんなところを？　仕事中ならまだしも、男といちゃいちゃしているところだったりしたら――。

「……パクチー好きそうな顔してます……？」

動揺するあまり、探りにもならない質問を口走ってしまった樹に、フォーを口に入れようとしていた加藤木は、ふと目を上げた。

ああ、その上目づかいもいい！　いや、そんなことより、なんでパクチーくれたの⁉

「ああ、好きそうな顔してる」

フォーを啜った加藤木は、食事に集中し始めた。頷きながら春巻きにかぶりつく様子を見るうちに、樹も落ち着いてきた。やはりてきとうに言い当てたようだ。それはそれでパクチー好きな顔ってどんなだという話だが、これ以上しつこく詮索《せんさく》して、変に思われても困る。

加藤木には百人目になってもらうと決めたのだ。いずれ振られるためのアプローチだが、じっくりと機が熟すまで温めたい。早々に嫌われるわけにはいかないのだ。仕事も取りかかったばかりだし。

そうそう、打ち合わせだった。パクチーはどうでもいいんだよ。

「俺のコーディネートを気に入って指名してくださったそうで、ありがとうございます。それなのに、加藤木さんのお仕事については知らなくて……失礼しました」

改めて詫《わ》びると、加藤木は素っ気なく頷いた。

「いいよ、べつに。使ってても開発者のことまでは知らないなんて、よくあることだ」

ということは、そうとう有名なソフトなのだろうか。まあ大金が転がり込んだらしいから、売れてはいるのだろうけど。

「あの、ちなみになんてソフトですか？　俺はネットとゲームくらいしかやらないんですが、直接関わりがなくても、パソコンを動かすのに知らずに使ってたりするんでしょ？」

「ソフトじゃなくてＳＮＳ。フェイスアルバムとか、ニクシィとか」

「ああ、あれですか！」

加藤木はスマホを取り出して流れるように画面を操作すると、樹に向けて見せた。

……え？

「俺が作ったのはこれ」

映し出されているのは、今年に入って人気急上昇のＳＮＳのトップページだった。既存のＳＮＳからユーザーが続々と移動していると、ネットニュースで見たことがある。

「これって……『タッチュー』⁉　俺も登録してますよ。加藤木さんが作ったんですか⁉」

思わず声を上げた樹に、加藤木は口の前で人差し指を立てた。長い指の美しさに目を奪われながら、小声で謝る。

「すみません。でも、びっくりして……すごいじゃないですか。やっぱり才能だなあ」

「そうでもない。パソコンの知識よりも、どっちかっていえば営業だし」

加藤木はすぐにスマホをしまい、コーヒーを注文した。

「それも才能でしょ」

「そっちこそ。センスがなけりゃ、できない仕事だろ」

運ばれてきたベトナムコーヒーを、樹はちびちびと楽しむ。ふだんはブラック党だが、たまに飲む練乳《れんにゅう》入りのこれは旨《うま》い。

「頭よくないんで。事故ったせいですかね？」

「事故？　いつ？」

「高一の終わりに、トラックに撥ねられて。あ、でもそんな大したことじゃなかったんですよ。乗ってたチャリを弾かれたんで吹っ飛ばされて、草っ原を転げ落ちたくらいで。まあ、腕は折れたし、二日ほど目覚めなくて家族を心配させましたけど」

軽いネタのつもりだったのに、加藤木に真剣な顔をされてしまい、初対面でする話ではなかったかと樹は慌てた。

「でも、もう平気ですから。ほら、腕も全然」

手を振って見せたのだが、加藤木の表情はまだ険しい。自分だけ濃すぎるエスプレッソでも飲んでいるかのようだ。

「意識が戻らなかったってことは、頭も打ったんだろう」

「ちゃんと検査して、医者のお墨つき貰ってますから。まあ、前後の記憶が飛んでるような気もするんですけど、高一のガキになんてどうせ大した思い出もないし」

精いっぱい笑い飛ばしたつもりなのに、加藤木はまだ痛々しそうに樹を見ている。

困っちゃったな……べつに同情を引くつもりなんてなかったのに。ていうか、優しい人なんだな。もしかして心配になるくらい、気に入られちゃったりしてる？

そんなふうに考えると、困っていたはずが、なんだかくすぐったいような気になってくる。嬉しいような、もっと気にしてほしいような。

「……えっと、インテリアのイメージとかありますか？　トータルで統一したいとか、部屋ごとに変えたいとか」

食事をしながらだいたいのイメージを訊くつもりでいたのに、もう食後のコーヒーまで飲み終わってしまっているのに気づき、樹は慌てて話題を切り替えた。

「玄関ドアの感じからして、少しクラシックなほうがお好きなのかと思ったんですが……昭和初期の洋館みたいな感じもいいですよね。ヴィクトリアンとか……これまではどんな雰囲気だったんですか？」

仕事の話になると俄然《がぜん》気合が入ってきて、樹はタブレットにサンプル画像を表示しながら、口速に説明を始めた。

しかし反応がないので顔を上げると、加藤木が薄く笑みを浮かべてこちらを見ていた。

うわ、なに？　なんで笑ってんの？

「今はホテル住まいなんだけど、かれこれひと月以上経つから、けっこう自分仕様になってると思う。参考までに見てみる？」

購入したものの、家具や生活用品が整っていないマンションでは暮らしようもなく、では賃貸にでもいるのかと思っていたが、なるほどホテル暮らしだったか。

「いいんですか？　よければぜひ！」

銀座《ぎんざ》の高級ホテルのスイートルームでも借りているのかと思ったが、連れていかれたのは都心ではあるが緑に囲まれた閑静な地区にある、長期滞在外国人向けのホテルだった。自炊用のキッチンもあり、マンションのように暮らしながら、ホテルのサービスも利用することができる仕組みだ。

「ああ、いい部屋ですね」

加藤木の部屋は一階で、窓からホテルの庭が見渡せる。あまり造り込んでいない自然な風景で、ちょうどコスモスが花を咲かせていた。

外国人を対象にしているせいか、天井も高くゆったりとした間取りのリビングルームと、ベッドルームがふたつ。

しかし所狭しと物が散らかっていた。いちばん目につくのは本や雑誌で、リビングにみっつほど山を作っている。次に、無造作に置かれたショッパー《紙袋》。ハイブランドから無名のものまで様々だが、どれも買ってそのままになっているらしく、中身が入っている。

ソファの前のテーブルにはノートパソコンが二台載っていて、どちらもスクリーンセーバーがゆらゆらと揺れている。まあこれは商売道具だからしかたがないとしても、ほったらかしは不用心ではないのだろうか。ホテルスタッフが清掃に入ったりするだろう。いや、この部屋の様子からして、頼んでいないのか？

樹は特にきれい好きというほどではないが、放置しておけばおくほど片付けが億劫《おっくう》になるので、使ったものは用が済んだらその都度しまうようにしている。

自炊はしないようでキッチンに汚れ物がないことには安堵《あんど》しつつも、コメントのつけようもなく、他の二部屋も覗《のぞ》いてみる。

寝室に使っているらしい部屋は、ベッドと備え付けのクローゼット以外に荷物はなかったが、もう一方にはやはり買い物袋と紙類、そしてアメリカから運んだと思《おぼ》しき荷解きもしていない大きな箱が詰め込まれていた。

はっきりいって、雰囲気や趣味なんてわかんないんですけど。

「だいたいわかりました」

それなのに、加藤木を振り返ってそんなセリフを口にしてしまう。

「へえ、そう」

加藤木のほうもわかっているのだろう、揶揄《からか》うように片眉を上げた。

「ええ。片付けは得意ではないようですね」

「たしかに」

そう言って、笑い合う。

べつにクライアントが汚部屋《おべや》製造者だろうと、樹がそこで暮らすわけではないからかまいはしないが、自分がコーディネートした部屋がぐちゃぐちゃになるのは、やはり気持ちがいいことではない。

それに散らかってはいるが、決して汚れているわけではないのだ。ここまで完璧な加藤木を見てきただけに、このくらいのギャップは愛嬌《あいきょう》のようにも思えてくる。しょうがないな、片付けてやるか、みたいな。

実際、樹は加藤木に断りを入れてから、荷物を移動し始めた。さりげなくひとつひとつを尋ねるようなそぶりをしながら。

見えない収納みたいなのを、あちこち用意したほうがいいかな。でも、それがいっぱいになったら、外に並びそうだし……。

そんなことを考えながら、いつの間にかせっせと片付けに精を出していた。

「……こんなもんですね――って、あれ?」

物置になっている部屋の中で上体を起こすと、加藤木の姿がなかった。そういえば、だいぶ前から話しかけても返事がなかったような気がする。

なんだよ、人にやらせといて！

リビングのほうからコーヒーの香りがする。それにつられるように、樹は短い廊下を進んだ。

「お疲れ。ちょうどコーヒーが入ったところだ」

「……ありがとうございます」

マグカップを受け取ると、加藤木が自分の分を口に運びながら指をさす。

「それ。敬語はやめにしないか」

「えっ、でも加藤木さんはお客さまですし」

「同い年だろ。なんか肩が凝るし」

「そう言うなら……」

樹が同意すると、加藤木は満足そうに頷いた。

「洗面所を借りていいですか？　手と顔を洗いたくて」

「だから敬語はナシだって言っただろ。どうせならシャワー浴びれば？　悪かったな、スーツなのに片付けなんかさせて」

「好きでやったから。じゃあ、遠慮なく」

冷静なふうを装って答えたけれど、心臓がバクバクした。それも無理はないだろう。この日初対面の相手の住まいに、仕事という理由はあったけれど訪れて、その上シャワーを浴びようとしているのだ。それも、相手に勧められて。

これはもう、いけるんじゃないか？　案外向こうも、そのつもりで呼んだんだったりして。

広めのバスルームに入ってドアを閉じながら、樹は口元が緩んでくるのを抑えられなかった。

単に親切で言ってくれたのだとしても、そうしたいと思うくらい樹のことを気に入ってくれているには違いない。客側が必要以上にもてなす理由などないのだから。片付けをさせて「はい、ご苦労さん」と追い出せば済む話だ。

この親切に他意がなかったとしても、気に入られているなら、迫ってその気にさせる自信はある。だてに失恋までのプロセスを繰り返してきたわけではないのだ。

洋式の風呂はジェットバスで、楽しみたい誘惑に駆られるが、それよりも自分を磨きたてておくのが先決だ。髪と身体を念入りに洗い、着替えにと渡された新品のTシャツとルームパンツを身に着けて、リビングに戻る。

「ありがとうございました――あれ……？」

最初よりはずいぶんとすっきりしたリビングに、加藤木の姿はなかった。

「……加藤木さん？」

廊下に引き返して物置部屋を覗いたが、そこにもいない。ちょっと躊躇いながら寝室のドアを開けると、そこも無人だった。

どこだ……？　あ、庭とか？

思いついて窓辺に寄るが、夕闇が迫ってライトアップされた庭にも人影はない。

まさか、身の危険を感じて避難した……なんてことはないよな？　そこまでがっついた態度は見せてなかったはずだし。

そもそもそういう発想にならないだろう、加藤木がゲイでもない限り。

樹はキングサイズのベッドに腰を下ろし、そのスプリングの快適さに思わず上体を倒した。

「うわ、気持ちいい……両手を伸ばしても余裕じゃん。いいなー、でかいベッド」

枕は低反発でなく羽根だった。緩めに詰められていて、これが加藤木の好みらしい。ついでにマットレスのメーカーと品番もチェックしておこうと思ったが、どうにも気持がよくて目を閉じていると、ふいにドア口から声がした。

「そんなに疲れたのか？」

「うわあっ！」

慌てて跳ね起きると、加藤木がドア枠に摑《つか》まるようにして覗き込んでいた。

「すっ、すみません！　姿が見えなかったから探してて、つい……」

「いいけどね。誘ってると誤解されるぞ」

それはこれからだから！

胸の中で言い返しながら、加藤木の口からそんなセリフが出てきたことに、ますます脈アリなんじゃないかと思えてくる。

「それにしても早かったな。まだ風呂だと思ってた。湯に浸からなかったのか？」

「汗を流せば充分です」

「また口調が戻ってるぞ」

ふっと笑った加藤木は、親指で廊下の先を示した。

「飲み物とつまみを調達してきた」

「え？　つまみって……」

後に続いて歩きだした樹は戸惑いながらも、順調な展開に胸を躍《おど》らせる。ここで飲み始まれば、一気に事を進められるではないか。樹のほうが、これからどうやって食事か飲みに誘おうかと思案していたのに、トントン拍子に進んで怖いくらいだ。

リビングのテーブルには和洋折衷《せっちゅう》のオードブル、クーラーに入れたワインとウイスキーのボトルが並んでいた。それぞれに合わせたグラスも用意されて、ちょっとしたパーティーのようだ。

「……すごい。いつの間に」

「ホテルのレストランに頼んだ。何度か朝食をとったことがあるけど、味は悪くない。なにを飲む？　ビールもあるぞ」

「じゃあ、まずはビール。と言いたいところだけど、こんなくつろいだところで飲んだら、止まらなくなりそうだなー」

ある程度ほのめかしたつもりで目を上げると、加藤木はあっさりと頷いた。

「そっちがよければ、泊まっていってもかまわない」

言ったな。全部美味《おい》しくいただくから、覚悟しろよ。

ソファに腰を下ろしてビールで乾杯し、プロの料理に舌鼓《したつづみ》を打つ。

「角煮、うっま……」

味付けはあっさりとしているが脂身《あぶらみ》がちゃんと残っているので、食べ応えがある。ニンニクが効いたから揚げは、後々のことを考えて一個でやめておこうと思ったのに、ビールを空けながら三個も食べてしまった。

ワインに切り替えた加藤木が、洋風の白和《しろあ》えのようなものをつまんでいるのを見て、樹は尋ねた。

「それは？」

「ゴルゴンゾーラとイチジクのサラダ。生ハムも入ってる」

いかにもワインに合いそうで、樹もそちらにシフトした。

「加藤木さんは高校から向こうでしょ？　言葉とかだいじょうぶだった？」

「いや、最初はほとんどわからなかった。親の仕事の関係で否応なく。でもまあ、言葉が通じるようになってからは、けっこう楽しかったかな」

きっと英語にもそう苦労しなかったのだろうと、話しぶりから窺える。

「大学もそのまま向こうで進んだんでしょ。やっぱ頭の出来が違う……そうなるべくしてここまで来たって感じ。今や『タッチュー』の若きトップだもんね」

「そうでもないって。俺の場合は野心があったから」

「野心？　世界に名を知らしめてやる、みたいな？」

加藤木はおかしそうに片手を振る。

「そんなたいそうなもんじゃない。いや、俺的には生活すべての原動力だったけど、他人から見たらどうかな？　ごくプライベートなことだ」

「意味深。なに？」

単純に興味が湧いて尋ねたが、加藤木はグラスを持つ手を止めて、樹をじっと見つめた。

……な、なに……？

ただでさえ酔いが回り始めているのに、鼓動が跳ね上がる。頬も熱くなってきたような気がする。

だいたい加藤木は目力《めぢから》が強すぎるのだ。視線を向けられるとすべて見透かされるようで、もはや樹が加藤木を次のターゲットにしたこともバレていて、その上で駆け引きをされているような気がしてくる。

「内緒」

加藤木は目を細めるようににやりとした。

「内緒って……」

「願掛けみたいなもんかな。言ったら効果がなくなりそう。それに、言わぬが花って言葉もあるだろう。カッコつけだと思ってもいい」

「いや、実際カッコいいしね。モテるでしょ」

「ふつう」

「はぐらかす。ふつうの基準なんか、人それぞれだし」

「モテるって基準もそうだろ」

グラスにワインが注がれ、ボトルが空になった。

「あーあ、空けちゃった。明日起きられるかなー。ていうか、ふらふらする」

樹はグラスを手に席を立ち、加藤木が座る三人掛けのソファに移動した。

さあ、ミッション開始だ。

樹が隣に座っても、加藤木はまったく動じなかった。むしろよろめいたふりで斜めになった樹の肩に手をかけて、自分のほうへ引き寄せる。その反応に勢いを得て、樹はもたれかかりながら加藤木を見上げた。

「モテるのは性別問わず？」

わずかに目を瞠《みは》った加藤木に、訊いておきながら返事を待たずに、樹は言葉を続けた。

「加藤木さんは、男も相手にできる人？　俺なんかどう？　俺、すごくあなたが気に入っちゃったんだけど」

樹は加藤木に見せつけるようにグラスの縁を舌でなぞってから、ゆっくりとワインをひと口飲んだ。

「……考えたことはなかったけど、おまえならいけるな」

……マジで⁉　やった‼

内心飛び上がりそうなのを必死にこらえて、樹はできるだけ色っぽく微笑《ほほえ》み、自分のグラスを加藤木の口元に近づけた。

加藤木の唇がグラスに触れる。視線は樹に据えられ、強さの中に色気を含んだ眼差しに、グラスを傾ける樹の手は震えそうになる。そこに手が添えられて、加藤木はワインを飲み干すと、グラスをソファに放った。

「あ……」

反射的にグラスの行方を目で追おうとした樹だったが、加藤木に頬を掴まれ、正面から視線が合う。その距離、十五センチ。ワインの芳香が鼻先を掠め、頭の中がぐにゃりと柔らかくなってしまったような錯覚を抱いた。

「……ん……っ……」

予感は充分で、樹のほうも待ち受けているような状態だったのに、唇が触れて舌の感触に気づくと、指先まで痺れが走った。加藤木のほうへ捻《ひね》っていた身体から、吸い出されるように力が抜けていく。加藤木の上腕を掴んでいた指が、ずるずると落ちていった。

キスした相手は数知れず。いちいち憶えていないくらい当たり前の行為のはずなのに、どうしてこんなに強く感じるのだろう。口中を探るように加藤木の舌が動くたびに、ひどく脆《もろ》い身体の内側を撫《な》でられているような気がする。

いや、口の中も内側だけど……。

心の中でツッコミを入れられたのもそこまでで、加藤木のキスに翻弄《ほんろう》された。酔っ払っているせいだろうか。しかし事を進めようと企《たくら》んでいた樹は、酒量をセーブしていた。事実、限界にはまだ遠く、余裕はあったはずだ。

ワインよりも酔わせるキス――なんて、下手なキャッチコピーのようだが、まさに今の状態はそれだろう。

何度となく呻《うめ》き声を上げさせられ、ようやく唇が離れたときには、樹は頭も身体もぼうっとしてしまって、加藤木の胸に倒れ込んだ。

「続きはしていいのかな?」

樹はぎこちない頷きを返す。

「……これで終わりなんて言われたら、ぶっ飛ばす」

「威勢がいい」

笑い含みの加藤木に促されて立ち上がり、もつれ合うように寝室へ移動した。その時間も待てないほど、いちゃこらしていたわけではない。酒量を誤ったのか脚に力が入らなくて、加藤木に頼るしかなかったのだ。

ふ、不覚……俺としたことが……。

加藤木の言い分によれば、樹と寝る気はあるが、これまで男とは未経験らしい。まあ、おっぱいがなくて、代わりに自分と同じものが生えている身体に抵抗がなければ、抱くほうはそう変わらない。樹がリードしてやれば無問題だろう。

逆に自分がしっかりしていないと手間取ることが予想されるわけで、しっかりと務めを果たさなくてはいけない。

「あの、水貰えるかな」

ベッドに腰を下ろしたところで頼むと、加藤木はすぐに踵を返して部屋を出ていった。加藤木の熱というか空気が遠ざかるとだいぶマシになって、樹はほっと息をつく。

いったいどうしたというのだろう。酔いではないのだろうか。しかし、今さら緊張するようなことでもない。

でも、キスはよかった……ドキドキした……。

思い出しても頭が熱くなって、ついでに下肢も疼《うず》く。セックスもいいのではないかと期待が高まるが、まずは加藤木を愉しませるのが先決だ。

なにしろ百番目と決めた相手だから、これまでになくスペシャルな展開で終わりを迎えたい。そのためにも、今夜のセックスでつきあうという形に発展させ、ある程度の期間を過ごした後に別れを仕向けるのだ。

仕事が終わったころがいいかな……うん、そうしよう。それまでに、できるだけラブラブな感じに持ってって……。

「はい、お待たせ」

加藤木は樹にミネラルウォーターのボトルを渡すと、サイドテーブルにコンドームとハンドクリームのジャーを置いた。

「……用意がいいね」

「なにかしら必要かと思って。無香料無添加だし、ないよりはマシだろ」

樹が水をひと口ふた口飲むと、加藤木が押し倒してくる。

「ちょっ、キャップ――」

「休憩終了だ」

キスで動きを封じられている間に、奪われたボトルはサイドテーブルに置かれたようだ。

あ……やっぱくらくらする……。

しかし心地いい酩酊《めいてい》感に身を任せていると、加藤木の唇が頬から首筋へと移動する。体温、皮膚《ひふ》、湿った舌の感触、すべてが気に入った。今までで一番いい。というよりも、今まではそんなことまで気にしていなかった気がする。

Tシャツの裾《すそ》から潜り込んできた指が脇腹を這《は》い上がり、胸元をさまよう。

「おっぱいはないよ……」

「わかってる。あったらびっくりだ。けど、感じないことはないんだろ？」

無造作に動いた指が乳首を掠め、樹は息を呑んだ。感じないどころか、上位に位置する性感帯

きいと思う。だ。男が「乳首気持ちいいです」というのも憚《はばか》られて、あえて口にしたことはないが、反応は大

「お、硬くなってきた」

加藤木は指先で何度か捏《こ》ね回した後、つまみ上げて擦《こす》り立てる。

「弄られたら誰だって――あ、あっ……」

「敏感なんだな。ふだんもしょっちゅう勃《た》ってたりして」

「……んっ……ばか言って、るっ……」

「見せてみろ」

ふいにTシャツを捲《めく》り上げられ、頭から引き抜かれた。実際に男の身体を目にするとどうなるかと懸念が残っていたが、加藤木は動きを止めて樹の胸を凝視した。

……え？　やっぱ、無理？

しかし加藤木は目を細めて、「エロい」と呟いた。樹の胸に両手を伸ばし、ぷつんと尖《とが》った乳首を爪で引っ掻《か》き、押しつぶす。

「これで海とか行くわけ？　スイムショーツ一丁で？　犯罪だな。猥褻物《わいせつぶつ》だろ」

「ばっ……かじゃないの……っ、隠してるほうが怪しいだろ。あっ、あっ……」

懸念どころか想像以上の食いつきのよさに、ふざけているのではないかと思ってしまう。樹が加藤木の下肢に手を伸ばすと、デニムの上から硬いものに触れた。それは間違いなく勃起《ぼっき》したも

ので、加藤木に言葉に嘘はないとほっとしたが、同時に質量を察して狼狽《うろた》えた。

でかっ……！　いや、ガタイもいいからそういうもんかもしれないけど……それにしてもでかいだろ……。

「急かすなよ」

加藤木はそう言って、樹の胸元に顔を埋めた。ぬるっとした感触に包まれ、樹は加藤木の下肢から手を離して仰《の》け反《ぞ》った。その分、胸を押しつけることになり、強く吸われてあられもない声が上がる。

「まっ、待って！　あっ、ああっ」

「いいんだろ。待つ必要ない」

乳首を咥《くわ》えた状態で喋《しゃべ》られると、吐息は吹きかかるし、歯や舌が当たるしで、身震いが止まらない。乳暈《にゅううん》ごと軽く嚙まれるに至って、樹は背筋を走った快感に腰をくねらせた。

「だから急かすなって。じっくり味わいたいだろ」

「んんっ……！」

股間に押し当てられた手のひらが、波打つように揺れる。柔らかなルームパンツ越しに、形をなぞるように指を動かされて、樹は逃げるつもりが腰を突き出してしまった。

「ほ、ほんとに抵抗ないんだな、あんた……」

「褒《ほ》められて光栄だけど、それはおまえの身体が魅力的だからだ」

「嘘っぽい！　そんな歯が浮くようなセリフ、生身の男は言わない！」

「なんで怒るのかわかんないな」

そんな会話のやり取りをする間にも、加藤木の手や唇は淀みなく動き、樹は全裸に剝《む》かれてしまった。

「可愛いな」

くすりと笑われたような気がして、樹は加藤木の目を覆いながら、ペニスを握る手を離そうと試みる。

「小さくないから！　平均だから！」

最近は男性本来の用途で使用していないので、あまり意識していなかったが、それでもイチモツの形状や大小はデリケートな問題だ。可愛いなんて言われては、プライドが傷つく。

「いや、そういう意味じゃなくて、ちゃんと反応してくれてるのが嬉しいってこと」

声を潜めて耳に吹き込まれたのが、なんだか妙に甘い。半日前まで顔も知らなかった相手なのに、この親密さが嬉しいような気恥ずかしいような。狼狽えた樹は、指先に触れた加藤木の股間の膨らみを、思わず摑んだ。

「痛たたた……っ、握りつぶす気か」

「恥ずかしいこと言うからだろ――あっ……」

両手を押さえられて組み敷かれ、真上から覗き込んでくる視線の強さに、樹の心臓が跳ねた。

「……そっちこそ、目がエロい」

「当然だろ。言っておくけど、やる気満々だから」

加藤木は片手で自分のTシャツを脱ぎ捨て、デニムの前を開いた。

うわあ……予想以上の反応。しかも、しぐさがいちいち決まってるし。

喜ぶべきところなのに、照れくささが上回ってしまい、樹は加藤木の首に両腕を巻きつけた。

「俺だって……」

キスをしながら、互いのものに愛撫《あいぶ》を施す。下着から取り出して直に触れた加藤木のものは、やはり大きく熱かった。

「濡れてきた……」

わかってるよ、音がするから。

そう胸の中で返しながらも、指摘されてさらに昂《たかぶ》ったのは事実だった。加藤木のものを扱《しご》く手にも熱が入り、自分に与えられる直接の快感にも翻弄されて身を捩《よじ》る。

いつしか加藤木もボトムをすべて蹴り落とし、互いに全裸になって、夢中でペニスを擦り合わせていた。

「……あっ、あ……もう……」

腰の奥からせり上がってくる射精感に、樹の手に力が入る。

「まだ。続けて」

自分のものと樹のものをまとめて握らされ、他人の脈動を感じながら手を動かしていると、尻のあわいにぬるりとした感触が滑った。それが加藤木の指で、持ってきたクリームをまとってい るらしいことはわかったが、樹は慌てた。

「いっ、いいよそんなこと！」

「手を離すな。いいってなにが？　使わなきゃつらいだろ」

それはそのとおりだが、加藤木にやらせるつもりはなかった。

「自分でやるから！」

「こんな愉しいことを任せてたまるか」

加藤木はそう言って、後孔の縁を指で撫でた。そこを弄《もてあそ》ばれる快さを知っている身体は、たちまち神経を研ぎ澄ませる。指の力加減、爪の感触、それこそ指紋まで読み取ろうと、粘膜を戦慄《わなな》かせた。

「だって……初めてだって言ったじゃないか。チャレンジャーすぎる……あっ……」

「だから、教えてくれ。どこをどうされると気持ちいいのか――」

「ふ、んっ……あ……」

ゆっくりと押し入ってきた指に、腰が痺れた。加藤木の指――あの長くて、少し関節が目立って、平べったい楕円形《だえんけい》の爪に見とれたあの指が、今、樹の中にある。

「狭いな。熱くて、ぴったり吸いついてくる……」

あけすけな感想に思わず腰を引きそうになったが、加藤木の腕にしっかりと腰を抱かれて、逃れられなかった。むしろ指がさらに深く埋没して、なんの偶然のいたずらか、樹の弱い場所を掠めた。

「ひっ、あ……」

押しつけることになったペニスが、粘ついた音を響かせる。加藤木もまた腰を押しつけてきて、擦れ合った互いのものがぬるぬると戯《たわむ》れる。

「やっ……ほんとに、出ちゃう……あっ……」

「まだだよ」

加藤木は樹の後孔を穿《うが》ったまま、上体を動かした。樹の片脚を肩に担ぐようにして、股間に顔を近づける。

「やっ、信じらんない！　初めてなんて嘘だろ！　なんでそんなことができんだよ！」

樹は必死に加藤木の手を振り解こうとしたが、ペニスを握られて動けなくなった。なにしろ後ろにはすでに、加藤木の指が埋まっている。ある意味、前門の虎《とら》後門の狼《おおかみ》状態。

いや、言葉遊びをしてる場合じゃなくて！　なんなのこいつ？

樹だって初めて男と肌を合わせたときは緊張しまくりで、自分から手を出すどころか、どこかが触れるたびに悲鳴を上げかけたものだ。こんなに悪びれないなんて、ありえない。ひょっとしてバリバリのゲイなのだろうか。

「そんなこと言って、期待してるくせに。ほら、また溢《あふ》れた」

「あうっ……」

先端のくびれを舐められ、樹は背筋を撓《しな》らせて声を上げた。ぶわっと鳥肌が立って、シーツに擦れるのにも震えが走る。

「うああ、すっ、吸わないで！」

遠慮のかけらもない吸引に、樹は腰を振り立てる。絶対に中身を吸い上げられた。それはどうなったのだ？　加藤木の口の中か？　吐き出してくれればまだしも、こいつのことだから平然と飲み下しそうな気が——。

喉《のど》が鳴る音がして、樹は身を震わせた。どこまで臆面《おくめん》がないのかと戦《おのの》きつつも、そんな加藤木に興奮してもいる。遠慮も躊躇いもない行為が加藤木との距離を縮め、加藤木が樹に好意を持っていると感じさせてくれる。

だって、そうだろ？　嫌な相手の身体に口をつけるなんて、絶対できないし。

大恋愛だとか、死ぬほど愛しているとか、そこまではあり得ないし、樹も望みはしない。なかなかいい感じ——それでいい。ときどき「今の瞬間カッコよかった」とか「こうしていると楽しい」とか思えればいい。

すでにそこまで到達していると感じられて、そんな加藤木とこうしているから、きっと昂っているのだ。

「……俺もやる！」

樹は身体を捻って、加藤木の下肢に摑みかかると、鋭い角度で勃ち上がっているものを手で包んだ。張り出した先端に舌を伸ばし、食《は》むように舐め回す。

加藤木が好き勝手にしているのだから、樹だって遠慮する必要はないだろう。べつにペニスそのものが好きで、しゃぶりたくてたまらないというわけではないが、一方的にされるばかりでなく、樹だって加藤木を愉しませたい。

低く呻くようなため息が聞こえて、樹は下方に目を向けた。加藤木の感じている顔が見たいと心が逸《はや》る。きっと悩ましげに眉を寄せて、少し厚めの唇を薄く開き、セクシーな表情をしていることだろう。

しかし後孔に指を増やされて仰け反ることになり、加藤木の顔を見るのは果たせなかった。

「やっ……、反則……」

「ルールがあるのか？　それにしてもきついな。もっと入れさせろよ」

捩《ね》じり込まれてくる指に内壁を捏ね回され、樹は我慢できずに喘《あえ》いだ。強引なようでいて、加藤木の愛撫には乱暴なところがなく、しかも樹の反応を敏感に察知する。

「ここ……だよな？」

「んああっ……、だめ！　ほんとに……あっ、あっ、出ちゃう……から……っ……」

前立腺《ぜんりつせん》を狙《ねら》われて、腰の震えが止まらない。腹に着くほど勃起したペニスからも、壊れたように先走りが流れる。

もう加藤木に愛撫を施すどころではなくなっていた。後ろを弄られ、その快感にひた走ろうとする前を指で封じられて、樹は痺れたような身体を宥《なだ》めるように、無意識に指を這わせた。

「んっ……あ……」

指先が硬く尖った乳首に触れ、たまらずそれをきつく捻り上げた。疼痛《とうつう》に一瞬意識が覚醒したものの、たちまちそれ以上に快感を覚えて、左右の胸を自分で弄ぶ。

「……そんなにエロくなりやがって」

ふいに後孔を圧迫する指が引き抜かれ、樹は喪失感に啜り泣くような声を洩《も》らした。

「ひとりで遊ぶなよ。俺に言えばいいだろ」

素早く身を起こした加藤木に覆い被さられて、乳首にむしゃぶりつかれた。歯の当たる感触が痛いけれどよくて、樹は加藤木の頭を掻き抱いた。

「こっ、ちも……してっ……」

反対側を示すのに、女のように乳房を掬《すく》い上げることができない代わりに、自分で乳首をつみ上げた。隙間《すきま》から覗いた小さな肉粒に、加藤木が舌先を躍らせる。

「ああっ、い……いいっ！」

しかしやはり物足りなくて、解放されていたペニスを加藤木の腹に擦りつけようとしたが、それより早く両脚を押し上げられた。熱く硬い感触が綻《ほころ》んで喘ぐ後孔にめり込む。わずかに引きつれるような感覚は、ゴムを使っているからだろう。

失恋を前提としたつきあいだからこそ、樹はセーフティセックスを心掛けてきた。しかし今は不思議と、コンマ数ミリの壁が惜しいと思ってしまう。実際のところ、挿入してしまえば大差なく、気にならなくなるようなもののはずなのに、加藤木の熱を直に味わえないことが残念でしかたない。

「緩めろ……っ……」

息を詰めるような声に、初めて加藤木が余裕をなくしているのを感じ、樹は妙に嬉しくなってしまう。必死なセックス、いいじゃないか。

樹は加藤木の首に両腕を巻きつけて、中途半端に後孔を塞《ふさ》ぐものをできるだけ呑み込もうと力を抜いた。

「……やっ、もう……マジででかい……っ」

「だいじょうぶか？　一度仕切り直して――」

思いがけず引こうとした加藤木に、樹はしがみつく。

「平気だから！　ここまで来たらあと少し――うっ、ゆっくり……」

ぐうっと開かれていく感覚に、そのまま身を任せる。押し入ってくる速度は予想以上に遅く、逆に侵食されていく感を強くした。

それでもいちばん太い部分を呑み込んでからはずいぶんと楽になって、征服されていくという被虐感《ひぎゃくかん》を愉しむ余裕も出てくる。なにより内壁を余すところなく擦っていく加藤木のものに、樹の中はさざ波が立つようなうねりが引きも切らない。そこから波紋のように全身へと心地いい痺れが広がり、何度も腰を揺らしそうになった。

気づくと加藤木に髪を撫でられていて、樹は笑った。

「ガキじゃあるまいし……痛いわけじゃないから」

「したいからやってるんだよ」

そう言われると、自分から頭を擦りつけてしまう。人に頭を撫でられるのなんて、何年ぶりだろう。思いがけないその感触に気を取られていると、加藤木に腰を押しつけられて、ゆっくりと回される。

「あ……全部入った?」

「もっと入りたいくらいだ」

「さすがに無理。いっぱいいっぱいで、破けちゃう——あっ……」

腰の奥から背中を走り抜けていく快感に、樹は仰け反った。その首筋に加藤木が吸いつき、柔らかく歯を立てる。

「……くそう、もっと早く知りたかった」

唸《うな》るような呟きに、樹は目を開けて加藤木を窺う。

「意外と男もいいって?」

「おまえがだよ」

甘いセリフを囁《ささや》く男は少なくなかったが、飾らないストレートな言葉のほうが、よほど胸に響くものだと樹は知った。

あまりにもぴったりと隙間なくはまっている状態で、加藤木の動きに引きずられるようだったのが、少しずつ馴染んできたのかずれが生じ、擦られる感覚が大きくなってくる。ことに太い亀頭で引っ掻くようにされると、腰の震えが止まらない。

「だから……っ、もう少し緩めろって……」

荒い息づかいで耳元に吹き込まれると、逆に息を詰めてしまう。

「……無理、だから……はっきり言って今、全然力が入ってない——あっ……」

「嘘つけ。きゅうきゅうしてるぞ」

ぐっと深く腰を入れられて、樹は声を上げた。膝頭《ひざかしら》を摑まれて左右に大きく開かれ、拒みようもないそこに、加藤木の怒張が音を立てて突き込まれる。

「あっ、ああっ、やだ、そんなに突いちゃ……あ、んっ……」

「嫌そうな声に聞こえない」

そりゃそうだよ。いいんだよ。今にもいきそうなんだって！

加藤木はしっかりと樹のウイークポイントを把握したらしく、続けざまにそこを擦り上げてきた。

「あ、あ……ああっ……！」

抽挿《ちゆうそう》に揺れていたペニスから飛沫《ひまつ》が飛び散る。射精に合わせて収縮する後孔が、加藤木のものを嫌というほど締め上げているのに、それを振り解く勢いで律動が続く。

「……ま、待って！　あっ……い、いったばっかで苦し……んっ、ああっ……」

「まだいけるだろ。もっとつきあえ」

「うわあ、ドS！　少しぐらいインターバルってもんを――あっ、あっ……」

精液にぬめるペニスを握られ、恥ずかしいほどの音を立てて擦られた。

「待ってたよ、ずっと」

「なに言って……そりゃあ先にいったのは悪かったけど、んっ、同時にいくなんてのはファンタジーで――ああっ……」

途中から言葉が紡げなくなった。

気持ちがいい。いや、そんな言葉では生ぬるい。忘我の境地なんていうけれど、そんなものが自分の身に訪れるなんて思ってもみなかった。

抱えられた腰を揺さぶられ、余すところなく突きまくられ、それがいちいち震えて声を上げるくらい気持ちよくて。

ようやく加藤木が達したときには、その直前に樹は二度目の射精をしていた。

役目を果たした達成感と疲労感に俯《うつぶ》せに倒れ込んだ樹は、シーツとの隙間に加藤木の手が潜り込んできたのを知ってぎょっとする。

「やったよね？　出したよね？」

「一回だけな。おまえは二回」

「そんな！　あっ……」

余韻でなのか、それとも加藤木が散々嬲《なぶ》ったせいで腫《は》れているのか、熱を持ったように痺れている乳首を指で捏ねられ、樹は快感を抑えるように背中を丸めた。

しかしそれがまずかった。腰を引き上げられて膝を立てさせられ、尻肉を左右に開かれる。

「嘘だろ⁉　ああっ……！」

つい今しがた射精したはずなのに、反り返るほどの角度を持った屹立《きつりつ》が押し入ってきた。ゴムは新しいものに取り換えたようだけれど、加藤木のものに慣れたそこは、樹に快感だけを与えてくる。

「やあっ、い、いくっ……！」

不意打ちに続いてのっけから感じるところを突かれて、樹は一気に登り詰めそうになった。

「いいけど、同じだけいかせてもらう」

げえっ、マジか！

たぶん先ほども、樹が達したのを見て自分もいったのだ。つまりコントロールする余裕があるわけで、これでは点差が開く一方ではないか。

樹は波に乗ってしまいたくなる誘惑をこらえて、後孔を引き締めた。できるだけ加藤木に翻弄されないように、それでいて加藤木を感じさせられるように。

しかし体位のせいか、先ほどとは違う感覚に襲われ、それがまた新鮮で気持ちよくて、ともすれば加藤木の動きに合わせて腰をくねらせてしまう。

ああもう、張り合ったりしないで、このままどっぷり浸かりたい……。

すでに頭の中は靄《もや》がかかったように混沌《こんとん》として、感じる前に身体が反応している。内壁は加藤木の怒張に絡みつき、ときに啜り上げるように戦慄いた。ぴたりと張りついた粘膜に加藤木の脈動が伝わってきて、自分の鼓動が押しやられてしまう、

「……ああっ、……い、いい……っ……」

我知らず洩らした声に、腰を摑む加藤木の指が深く食い込んだ。次の瞬間、抜け落ちそうなほど屹立が引かれ、樹はそのまま放り出されるかと思った。しかしさらに勢いを増した突き上げに襲われて、その衝撃に悲鳴が上がる。

「ああっ、あっ、……そっ、んな……っ、やっ、あっ、あっ」

身体の中を熱い塊が行き来する。勢い余って、口から飛び出してくるのではないかと思うくらいだ。身体を支えていた両手も崩れ、加藤木に摑まれている腰だけを高く掲げたまま、激しい抽挿によがる。

捻じ込むように根元まで突き刺さった怒張が、樹の中で大きく脈打った。

……あ……。

二度三度と繰り返されるそれに、背後から加藤木の荒い唸り声が重なる。

いった、俺の身体で……。

それがたまらなく嬉しく、ほっとしたのも手伝って、樹は予期せぬ射精に導かれた。

「あ、あ……ああ……っ……」

抑えようもなく迸《ほとばし》った先ほどとは違い、滴《したた》るように精液が溢れてくる。それなのに、途方もない快感に見舞われた。時間をかけて放出する間、果てのないような絶頂感が続く。

なんだこれ……すごい……。

精根尽き果ててシーツの上に身体を投げ出した樹だったが、加藤木に脚を摑まれて仰向けにひっくり返された。

凄《すご》みさえ感じるような色気のある眼差しが、間近に迫った。しかし、さすがにもう限界だ。

「……無理……っ、もうできない……」

「その気にさせてやる」

唇が重なり、乾いた舌が加藤木のそれで潤《うるお》された。萎えかけたペニスをやわやわとまさぐられて、阻《はば》む気力も奪われたままに好きにさせていたはずが、小さな官能の種が芽吹くのを感じた。

……うっそだろ……。

しかし次に樹が発した言葉は、加藤木に愛撫を促すものだった。

「二日酔い？」

事務所のチーフの滝沢《たきざわ》に肩を叩かれ、樹はパソコン画面から顔を上げた。

「ええ、まあ……」

言えない……エッチボケしてるなんて……。

「昨日のクライアントと？　加藤木さんだっけ？　じゃあ、好感触だったんだ。いいことじゃない。まずは気に入られて信頼してもらうのが第一だからね」

「それはだいじょうぶだと思います」

嫌というほど可愛がってもらったし、気に入られたといえばそうなのだろう。樹もそれを望んでいたとはいえ、結果はおつりが来るほどだった。

こんなの初めて――って感じだったもんな……。

樹も平均以上に経験は積んでいると自負しているが、それらがすべて吹き飛ぶくらいのセックスだった。しかし、特別変わった趣向があったわけではない。道具も使っていない。それなのに、なぜあんなに感じてしまったのか、不思議でしかたない。

……まあ、アレは立派だったけど……。

脳裏にもやもやと加藤木のものが浮かんでしまい、樹は慌ててかぶりを振った。

大きかったから、これまで届かなかった場所まで届いたとか、それがたまたまひどく感じるところだったとかいうこともあるだろう。細かいことをいえば、反り具合とか微妙な形状も影響するのかもしれない。もちろん単純に、テクニックが優れていることもある。

そういった諸々を含めて、かつてなく身体の相性がよかったということではないのか。

「――はどうだった？」

「は……？　すみません、なんて？」

滝沢の問いかけが耳を通り抜けてしまい、樹は回想を押しやった。

いかんいかん、仕事中にプライベートを引きずるな。

滝沢は心配そうに眉を寄せて、片手を差し出した。

「ほんとにだいじょうぶなの？　いつも遊び歩いてても、翌朝はしゃきっとしてるのに。それでおおよそのイメージとか予算とか、確認したんでしょ？」

「はい、それはちゃんと――でも……」

樹は朝一でまとめたカルテのようなものを、滝沢に渡した。それを一瞥《いちべつ》した滝沢が、目を見開いて眼鏡を押し上げる。

「予算、特に制限なし？　はーっ、今どき太っ腹ねえ。さすが『タッチュー』」

「それですけど、滝沢さん知ってたんですか？」

「当たり前じゃない。ていうか、ちゃんと依頼書に書いてあったはずだけど？　初担当だってあんなに張り切って、舐めるように見てたかと思ったのに」

「……すみません。見落としてました……」

やぶ蛇《へび》だった……。

「まあいいわ。とにかく上得意客になるのは確かだから、多少時間がかかってもじっくりリクエストに応じてね。なにかあったら、いつでも相談して」

「はい、ありがとうございます」

そこへ『オフィス・デコラ』の社長兼デザイナーの藤崎が顔を覗かせた。

「おっ、いたな。昨日はお疲れさん」

四十代にしては引き締まった身体の持ち主の藤崎は、今日もそれを引き立たせるようなフィットするニットを着用している。

「加藤木氏からメールが届いてたよ。思ったとおりで、期待してるそうだ」

思ったとおりって、なにが？

樹の頭の中から打ち合わせ内容が吹き飛んで、セックスの記憶ばかりになっているのはともかくとしても、実際に加藤木から具体的なリクエストなんて出ていなかったと思う。そんな調子なので、樹のほうからもぼんやりした提案しかまだしていない。

思ったとおりと褒められても、とても仕事に関しての感想とは思えないのだ。しかしセックスの件だとすれば、そんなことを社長経由で伝えてくるなんて、加藤木もかなり図太い。

「まあ同年代だし、気も合ったならなによりだ。この仕事が終わるまで他のことはいいから、しっかり集中してくれ。きみの実績にもなることだしね」

そんなふうに事務所サイドから一任されて送り出されたのがわかっていたように、その日の午後には加藤木から呼び出しがかかった。

待ち合わせ場所に向かうと、すでに加藤木は到着していた。

うわ、目立つ。

ニットジャケットに細畝《ほそうね》のコーデュロイパンツ、足元は外してエンジニアブーツだ。無造作に押し上がった裾まで計算されているように見える。

そんな男が駅のコンコースに佇《たたず》んでいれば、行き交う人の視線を集めるのも必定だ。ことに女子の注目度の高いこと。

しかし加藤木は、俯《うつむ》いてスマホを弄っていた。

「『タッチュー』でもやってるの？」

樹が声をかけると、加藤木は顔を上げて微笑んだ。

「まさか。仕事のメール」

「そういえば経営者だったっけ。拠点はアメリカのままだろ？」

「今どきはどこでもできる。ことにこういう仕事はね。行こうか」

歩きだした加藤木に並びながら、樹はすれ違う人たちの視線がやけに迫ってくるのを感じて戸惑った。いや、加藤木のほうを向いているのだとわかっているけれど、無視できない威力がある。加藤木がまったく気にしていないようなのは、日常的なことで麻痺《まひ》しているのか。

「どこ行くの？　この先は水族館だけど」

そろそろ本腰を入れてインテリアショップとか、さもなければ参考になりそうなデザイナーズ物件とかを回るものと思っていたのだが。

「当たり。水族館に行く」

「なんで⁉」

「なんでって、見たいから。動物園と迷ったけど、とりあえず今日はパンダイルカが見たい」

「……リビングに水槽を置きたいとか考えてる？　それならアクアリウムショップとかのほうが、まだ参考になると思うけど」

「イルカが飼えるなら考えてもいいけど……いや、だめだな。世話ができそうにない」

「当たり前だって」

そんな会話を交わしながら、水族館に入場した。

「ここ来たの高校以来だ。一年のときに、生物の見学でさ」

「……へえ」

「なにかがすごく楽しかったんだよね。なんだっけな……」

思い出せないあたり、言うほどでもなかったのかもしれないいし、自分では決して行こうとは思わないが、来たら来たでわくわくする。

「うわあ……」

一面の壁のような巨大水槽を、群れを成して泳ぐイワシは圧巻だった。その間を、平べったいエイが身体を波打たせるようにゆったりと通り過ぎていく。

「いいかも！　ねえ、熱帯魚でもいいから水槽置かない？　あ、最近はクラゲが流行ってるって」

動きのあるインテリアというのは、けっこうなポイントになるのではないか。水槽のサイズによっては圧迫感を与えるが、幸いにも加藤木宅のリビングは広い。

しかし加藤木は魚を見上げながら首を振った。

「いや、思いつきで生き物は飼えない」

その言葉に、樹は思わず加藤木の横顔を見た。

……へえ、意外。

そういうところを気にするとは思わなかった。しかしあの雑然とした仮住まいを見る限り、その考えは賢明といえるかもしれない。

「たしかに。熱帯魚も命拾いしたね」

イルカとアシカのショーに歓声を送って水族館を後にし、あまり乗り気ではない加藤木を説き伏せて、近くにある輸入家具店に向かった。

「任せるって言ったのに」

「それでも好みとか傾向を知りたいんだよ」

一歩店内に入ると、柔らかく目に馴染む色彩の家具に囲まれる。新品にはない、年代を経た落ち着きにほっとする。

樹は目移りするほどなのに、肝心の加藤木はあまり関心がないようだ。実は樹のコーディネートを気に入ったというのは方便で、単に自分で選ぶほど興味がなかっただけなのではないかと思うくらいだ。

しかしそれならなぜ、樹に白羽の矢が立ったのかという話になる。偶然にしてはものすごい確率だし、実際に依頼時には、樹がレストルームを担当した店の名前を出してきた。

全面的に信用されてるってこと……？

それなら嬉しいし光栄だし、全力で頑張ろうという気になる。だからこそ少しでも加藤木のリクエストを拾っておきたい。期待に応えて喜んでもらいたいではないか。

「あ、これ――」

樹の目を引いたのは、十九世紀後半のライティングビューローだった。マホガニーの温かなつやと、曲線のカットワークがいい。

「状態もいいな」

樹がふたを開けてテーブル部分の強度を確かめていると、加藤木が首を捻った。

「ノートパソコン一台しか置けないな」

「そりゃあ、実用には向かないよ。本気でパソコン作業しようと思ったら、やっぱり専用のデスクのほうがいいし。ひと部屋書斎にして、そこは実用重視で揃えたほうがいい。これを使うならディスプレイ用だね」

「そのあたりがよくわからない。本来の用途でなく、飾り台に机を使うってとこが」

「まあ店舗じゃなくて自宅だから、リビングや玄関ホールにこれを置いて、花だの小物だの飾ったらやりすぎかもね。寝室に置いて、ネクタイとかしまうならいいんじゃない？」

「見せる収納ってやつか。俺にできると思うか？」

加藤木の問いかけに、樹は苦笑を返した。

「定期的にハウスキーピングが必要だね」

「そこまでお前が面倒見てくれるなら買ってもいいが――ネクタイをしまうなら、あっちのほうがよさそうだ」

加藤木が示したのは、シンプルなウェリントンチェストだった。六段の引き出しが縦に並んだだけのものだが、引き出しの右側に押さえがありすべての引き出しをロックできる仕掛けがついている。特に必要なものではないが、しゃれたポイントではある。

……なるほど。アンティークは嫌いじゃないけど、装飾過多は好みじゃないってことだな。

それならば、現代家具にも範囲を広げられるので、選択肢も増える。むしろシンプルなデザインで使い勝手もいいものが多い。

樹はその足で他の家具店も見て回りたかったのだが、腹が減ったという加藤木に反対された。水族館でゆっくりしすぎて時間も遅くなっていたので、樹も今日は諦めることにする。

それに……またこうして出かけられるわけだし。

水族館が思いのほかに楽しかったからというわけでないが、加藤木と過ごすのは心が躍る。やっているのはいかにもなデートだけれど、仕事の打ち合わせという大義名分がある分、気が楽ということもあった。公衆の面前で男同士いちゃついて平気でいられるほど、樹も神経が図太くないので。

外部的には言いわけができて、なおかつ加藤木と親密度を上げていけるというこの状況は、願ってもないものだ。

しかし、考えてみれば不思議だ。これまでの樹は、最終的に振られるという目標ありきで、関係を積み重ねていた。遠くに見えるニンジンを目当てに、そこに至るまでの作業をこなしていくという感じだったのに、加藤木が相手だと、その作業に当たるこんな時間まで楽しんでいる。

仕事を兼ねてるからかな？

しかし場所をスパニッシュレストランに移しても、浮き立つ気分は変わらない。話題がインテリアの相談から雑談に移っても。

加藤木に勧められても、昨夜飲みすぎたからと、グラスワイン一杯にとどめた樹だったが、その後の誘いまで断るつもりはなかった。むしろそれを期待していたからこそ、素面《しらふ》でいようと考えていた。

だって……ちゃんと愉しみたいし……。

いや、昨夜が愉しんでいなかったというわけではないのだが、体調万全で挑んだら、もっといいと思うのだ。それに、加藤木へちゃんと奉仕もしたい。それはもちろん、来るべきときに備えて、それまで加藤木を捕まえておきたいからだ。

そんなことを考えながらレストランを出たのだが、予想に反して加藤木にそこで別れを告げられた。

「じゃ、気をつけて」

そう言われたとき、きっと樹は妙な顔をしたのだろう。加藤木がわずかに眉を寄せた。

「部屋までつきあえって言いたいとこだけど、ちょっと仕事があって」

「えっ、いや、そんな！　もちろん全然かまわないし！　ごちそうさま、っていうか、遅くまでありがとう」

慌てて両手を振ったけれど、加藤木は微妙な表情のまま、地下鉄の入り口の階段を下りていった。

……あれ？　なんだろ……。

食事で温まっていた身体に、緩やかな夜風が妙に沁《し》みるような気がした。まさか期待が外れてがっかりしているとでもいうのだろうか。

今日も会ったからといって、セックスまでするとは限らない。それは恋人同士にだっていえることで、不思議でもなんでもない。

ましてや加藤木と会うのは打ち合わせが目的で、寝たのはプライベートな関わりだ。それに仕事があると言っていたのだから、そちらを優先するのは当たり前のことだった。

仕事で繋がりのある相手と関係を持ったのは初めてだから、ちょっと混乱しているのだろうか。公私の区別がちゃんとついていない？　食事したり遊んだり、なによりあんなセックスをしてしまったから？

いやいや、だめだろ。なんかよくわかんないけど、ここでがっかりするのはナシ！

今の時点で加藤木に嫌がられているわけでもなければ、仕事上の問題があるわけでもない。すべて順調に進んでいるのだと、樹は自分に言い聞かせた。

それからも毎日のように加藤木と会った。

たいていは午後から落ち合い、都内の古い建物やインテリアショップを見て回り、夕食を共にする。ベッドまでつきあうかどうかは、そのとき次第だ。

だいたい会うとひとつはインテリアが決まり、樹は翌日オフィスからそれを発注したり、イメージに近い代替品を探したりする。

考えようによっては、これが理想的なのかもしれない。適度な距離感があるのは、加藤木も樹との関係を当たり障りのない一過性のものと認識しているからだろう。

それならば、樹が本気を見せればきっと怯《ひる》む。将来を見据えてこれからもつきあっていきたいなんて言えば、間違いなく拒むはずだ。そういうつもりじゃなかっただろうお互いに、みたいなことを言って。

そこで樹が見苦しくすがりつけば、きっと痛烈に撥ねつけてくれる——と期待する。それこそが樹の待ち望んでいた瞬間だ。

「あら、たっちゃん！　久しぶりじゃない。どうしてたのよ？」

九十九回目以来久々に訪れた二丁目のバーで、相も変わらず短髪にひげ剃り跡の目立つママに歓迎される。

「今日もきれいだね、ママ」

「まあっ、なあにほんとのことを。元気そうじゃないの。仕事が順調なの？　それとも百人切りを達成したわけ？」

「百人切りって、人聞きが悪いな。切られるのは俺のほうなんだけど」

「切られたくて網を張ってるんだから、同じようなもんでしょ。ビール？」

頷いてカウンターのスツールに腰を下ろすと、手早くコースターが置かれ、ビールのグラスが差し出された。

「今は、ママ言うところの網を張ってる最中かな」

「そうなの。で、誉《ほま》れある百人目に選ばれたのは、どんな男なのよ？」

「うーん……いい男だよ。見た目は文句なし。身長は百八十五くらいあるし、適度にマッチョだし、きつめのイケメン。加えてびっくりするような金持ち」

ふんふんと頷いていたママは、最後の言葉に食いついた。

「どういうこと!? なんでそんな三拍子も四拍子も揃った男が、うまい具合にあんたのとこに舞い降りるのよ？」

「それが舞い降りちゃったんだよねー、成田行きの飛行機から」

「外国人なの!? ブラピに似てる!?」

「いや、日本人」

ママは柿《かき》の種の小皿を出しながら、小さくため息をつく。

「なんにしてもいい物件じゃないの。これを機に、たっちゃんも妙な趣味から足を洗ったらどう？ パートナーと仲よくやっていくことは、なによりの幸せだと思うわよ」

折に触れ、ママからは似たような忠告をされるのだが、今回も樹はかぶりを振った。

「それはふつうの人の場合だって。俺は振られるのが幸せなんだから」

「履《は》き違えてるの。そういうのは幸せじゃない。一時の快楽に身を任せてるだけよ。後になにが残るの？　なにもないから次の相手を探すんでしょ」

「うーん……」

こればかりは理解されないと思うので、樹も曖昧に言葉を濁《にご》した。

「べつにずっと連れ添う彼氏が欲しいわけでもないし」

「それは若いからなの。アタシの歳までひとりでいてみなさいよ。そりゃあもう寂しいったら。毎晩枕を涙で濡らすのよ」

樹が答えずに苦笑していると、ママは柿の種を半分以上摑んで、自分の口に放り込んだ。

「もうっ、あんたのためを思って言ってるのに。いっぺんくらい振られるのに苦労するといいわ」

妙な言い回しだが、それは困る。たしかに加藤木とのつきあいは楽しいが、それは終わりがあるのをわかっているからこそで、しかもその終わりが樹にとって最大のお楽しみだからに他ならない。

風船を膨らませて、ある程度の大きさにして遊ぶのではなく、どんどん膨らませて割ることが樹の楽しみ方なのだ。

「ああもう、心配事ばかり。こんなんじゃハゲちゃう」

ママは「奢りなさいよ」と、とっておきのブランデーをグラスになみなみと注いだ。

「えー、俺のせい？　いつものことじゃん」

「他にもあるの。舘さん、憶えてるでしょ」

言われて記憶を探る。顔は忘れてしまったが、前回隣に座っていた男のことだろう。百人目に立候補するとか言っていた。

「ああ、タチの舘さんね」

「週一ぐらいで来るんだけど、彼氏と別れたらしくて、いつもあんたのことを訊くのよ」

「あっさり引いたけど」

「とんでもない」

ママはしかめっ面の前で手を振った。

「袖《そで》にされたからむきになってるわね。中途半端にモテる奴って、プライドが高いから始末が悪いのよ」

「ああ、いるね。そういうの。でも、手の内もばらしたはずだけど。単にエッチしたいってこと？」

「そうでしょ、きっと。二、三回遊んで振ればいいと思ってるから、そりゃあ格好《かっこう》の獲物《えもの》よね。たっちゃん、見た目はいいから」

たしかにそんな展開の失恋も何度かあったが、あの男とやろうという気にはなれない。舘に限らず、今は新しい相手を見繕《みつくろ》うつもりもない。

「せっかくだけど今は、仕事と百人目の相手だけで精いっぱいだよ」

樹がそう答えると、ママはじっと見つめてきた。

「な、なに？」

「なんだか素直に楽しそう」

「どういう意味？」

「つきあうこと自体を楽しんでるんじゃないの？　ふつうに、恋愛として」

「まさか」

樹はわけもなく狼狽えて、必要以上にしっかりと否定した。

「盛り上げてんの。百人目だからね。そろそろいいころあいだから、この後、折れ線グラフが急降下だよ」

そう、待ちに待った失恋ももうすぐだ。あといくつかの家具を決めれば、コーディネートは完成する。納品はまとめて一日で済ませるから、小物の設置作業を含めてもう一日あれば出来上がる。

つまり、その日がエックスデーということだ。


玄関ホールは暖色の間接照明に映えるマホガニーの飾り棚とベンチを置き、ワインカラー主体の緞通《だんつう》を敷いた。

リビングには座面も背もたれもゆったりと大きな、Ｃ字を描く白い革のソファ。樹は前々から目をつけていたのだが、とにかく大きいので、これまで設置できる物件に出会わなかった。三十畳のリビングだからこそ、ようやく実現した。

加藤木もソファは気に入ったようだったので、それに合わせて全体に白とステンレスシルバーを基調としたモダンな雰囲気に仕上がった。

書斎は強化ガラスとアイアンのデスクに合わせて、壁一面に同素材で棚を作った。仮眠用のカウチは、社長の藤崎がデザインした流線型のものだが、黒いスエード張りの特注品だ。

寝室は件《くだん》のウェリントンチェストに合わせて、ウォールナットのキングサイズベッドを設置した。直線の家具類でまとめたので、くつろぎ用のアームチェアはゴブラン織りのふっくらした丸みを持ったものにして、ポイントとした。

ウォークインクローゼットやバストイレの収納家具は、使いやすさを重視して見た目はシンプルなものを選んだ。それでも加藤木は散らかしてしまいそうな予感がするが。

午後の早い時間にすべての作業が完了し、事務所からチーフの滝沢を呼んでチェックをしてもらった。

「うん、いいんじゃない。若干統一感に欠けるかもしれないけど、気になるほどじゃないわ」

お墨付きを貰って、樹は安堵の息を洩らした。

「バルコニーも凝ったわねえ。パッと見だと、ふつうの庭みたい」

大型プランターにレンガで目隠しをして、樹木の垣根を迷路ふうに組んだ。テラコッタのタイルを敷き詰めて、デッキチェアやベンチを配置してある。

「加藤木氏はこれから来るんだっけ？　じゃあ、最後までしっかりね」

飲食店の開店準備で忙しい滝沢は、慌ただしく帰っていった。作業のスタッフも全員撤収し、ひとりマンションに残された樹は、もう一度ひと部屋ずつを見て回った。

初めての担当ということで、気合を入れてできるだけのことをしたつもりだ。もちろん加藤木に快適に暮らしてほしいと願いも込めた。

実際の住み心地はどうか、直接聞くことはないだろうけれど、気に入ってくれればいい。プライベートの関わりはなくなっても、それでインテリアまで総取り替えなんてことはないだろう——と思いたい。

携帯電話の呼び出し音が鳴り、ディスプレイを確認した樹は気を引き締めて通話ボタンを押した。

『今、下にいる。これから行くから』

樹は玄関を出て、加藤木を待った。心音が速くなるのは、待ちに待ったときが近づいているからだろう。

うん、久しぶりに時間をかけたよ。なんせ百人目だから。

エレベーターホールの角を曲がって、加藤木が姿を見せた。仮住まいのホテルからも荷物を引き上げ、こちらにすべて収めたせいか、ざっくり編んだニットにデニムという部屋着のような格好だ。それでもいい男なのは変わらない。

ちょっともったいないかな。

もう少し恋人気分を味わっていたいような気もするが、グラフは頂点まで登りきって、これ以上は横這いだろうし、ならば失恋あるのみだ。そのためにここまでやってきた。改めて思う、樹はそういう性分なのだ。

精いっぱい仕事はしたのだから、加藤木にもしっかり振ってもらおう。

軽く手を上げた加藤木に笑顔を返し、玄関ドアを開ける。

「……洒落《しゃれ》てるな。会員制クラブみたいだ」

「行ったことあるの？　あ、シャンパンは冷蔵庫に用意してあるよ。俺からのお祝い。それじゃ案内するね。リテイクがあれば、遠慮なく言って」

いくつかの質問は受けたが、出来栄えには満足してくれたようで、特に修正箇所は出なかった。

リビングに戻り、確認のための書類にサインを貰う。加藤木はC字ソファの中央に腰を下ろしているが、見とれるほどにはまっていた。

書類から顔を上げて問うように見つめられ、樹はテーブルの向かい側で両手を上げた。

「いや、似合ってるな、って。おっきいソファだからさ、たいがいの人は座るとソファに負けるんだよね」

「よくわからないな。ソファはソファだろ」

首を傾げる加藤木から、樹は書類を受け取った。

「はい、ありがとうございました。じゃあ、これで完了ということで、長らくお待たせしました」

一応のけじめとしてきちんと頭を下げる間にも、次の展開を想像して樹の胸は高鳴り続けていた。

さあ、ここからだ。

ここからは少しでも印象をマイナスにしていったほうが、拒絶のアクションも大きくなるだろうと、樹は大理石のテーブルを回り込んで、加藤木の隣に腰を下ろした。太腿《ふともも》がくっつくほど寄り添う。

「……で、改めてなんだけど――」

上目づかいで見上げると、加藤木は眉を寄せていた。

おっ、正解だったかも？　こういうベタベタは苦手なんだな。ていうか、キモいか。うん、自分でもそう思う。

しかし加藤木が引く様子を見せれば見せるほど、期待は高まるわけで、樹はダメ押しのように腕を絡めた。

「仕事は終わっちゃったけど、俺たちはラブラブじゃん？　ていうか、これからもずーっと離れないよね！」

最近テレビで活躍中のテンションが高い芸人のノリを真似て、さらにオネエ風味も加えると、加藤木は妙な生き物でも見るような目つきになった。

来た来た！　こうなったら、突き進むまでだ。

「そういえば、まだちゃんと告白してなかったよね。プロポーズがないなんてがっかりー。ほんとは祥孝（祥孝だって！　名前なんか呼んだことないよ！）から言ってほしかったけどぉ、この際だから俺から言っちゃう！」

なにかが乗り移ったかのような言動の樹を、加藤木は凝視している。

加藤木はどんな答えを返すだろう。ふざけるなと一喝《いっかつ》して樹を突き飛ばすか、それとも自分が飛び退《すさ》るか。一気に叩き出すくらいのことはやってほしいが、貶《おとし》めるようなセリフもつけてほしい。

「俺とつきあってください！　一生！」

「いいけど」

樹は加藤木の顔を見たまま固まった。妙なキャラを装っていたので、笑顔のままで。

……は？　今、なんか言った……？

「いいよ。ていうか、もうそのつもりだったけど」

あ、ちゃんと言わなきゃダメだったのか、と呟く加藤木に、樹は我に返った。

「待って、ちょっと待って！　いいってなに⁉　俺の言ったこと、ちゃんと聞いてた⁉」

絡めていた腕を振り解き、立ち上がって両手で加藤木の肩を激しく揺さぶる。

「聞いてたよ。あ、俺から言えばいいんだろ。これからもずっとつきあってほしい、一生」

樹の頭の中で、見えない鐘ががんがんと打ち鳴らされている。教会の結婚式で聞くような晴れやかなものではなく、古刹《こさつ》の鐘かさもなくば銅鑼《どら》のような。

……うっそだろ……。

ショックのあまり、樹は加藤木の隣に崩れるように座り込んだ。

男と本気でつきあえるわけないだろ、なに調子に乗ってんだよ、絶対無理、俺は可愛い嫁を貰って幸せな家庭を築くんだよ——そういう言葉を待っていたのに、いったいなにがどうなったのか。

一生つきあって、って……意味がわかってんの？

「なにかまずかったか？」

加藤木の声に、樹は食ってかかった。

「なにか？　なにもかもだよ！　なに言ってんの？　ふざけてる場合じゃないんだよ！　本気に取ったらどうするわけ？　人生なくすよ⁉」

「人生なくすってのはよくわかんないけど、ふざけてないし、本気に取ってほしいんだけど」

「ゲイじゃないって言ったじゃないか！　いや、ゲイだって一生は無理だろ！　そもそも知り合ってまだ一か月だぞ？」

樹のほうから頼んでおきながら、ＯＫされたら考え直せと言うなんて、加藤木にしてみればさぞかし妙に思うだろうが、今はそんなことを気にしている場合ではない。おかしいというなら、加藤木のほうがよほどどうかしている。

しかし加藤木は樹の手を取ると、両手で包むように握ってきた。やんわりしているように見えて、ちょっとやそっとでは抜けない。それがますます樹を焦《あせ》らせる。

「期間は関係ないんじゃないか？　今日までほとんど毎日会ってきて、けっこう気も合うし、互いに楽しくやってきたと思うけど」

「そっ……それは……そう、だけど……」

タイミングを計って、それまでは嫌われることがないようにと考えてはいたが、気づけば途中からそんなことも気にしていなかった。正直楽しくて、失恋するのがちょっと惜しいと思ったくらいだ。

もっともそんな加藤木との別れは、楽しく過ごしてきた時間よりも期待大で待ち遠しかったわけだが。

「じゃあ問題ない。だいたい樹だって、そう思ったから言ってきたんだろ？　そうと決まれば乾杯だ。シャンパンがあるって？」

「あっ、ちょっと……」

加藤木は身軽く立ち上がると、キッチンへ向かった。止める間もない。

なんでこんなことに……ていうか今、樹って呼ばなかったか？　本格的に恋人扱いかよ。

「あれ？　なあ、グラスどこ？」

加藤木がシステムキッチンの引き出しや棚の扉を開けまくっているのを見て、樹はたまらずソファを離れた。

「開けたら閉める！　なんでそんなとこにグラスがあるんだよ。さっき説明しただろ。食器類はそっちの収納」

勝手知ったる他人の家というか、自らセッティングしたので家主よりもよほど詳しい。しかし加藤木の様子を見るに、細心の気配りで収納したあれやこれやも、そのうちごちゃごちゃになってしまうのだろうと想像がつく。

「フルートグラスはこれ。半ダースずつ揃えてあるから」

樹はアイランドキッチンのカウンターにグラスを置いた。

料理はしないし基本的に外食だと聞いていたが、いずれ本人以外が使うかもしれないと、タイルと珪藻土《けいそうど》を使ってアレンジした自信作のアイランドだ。

まさか自分で使うことになるとは……。

「六個も？　割ったとき用か？」

「ちがーう！　ふつうは半ダースか一ダースで揃えるの。割ったらちゃんと補充してよ」

「ふたつあれば充分なのに」

すなわち加藤木と樹の分ということだろうと、げんなりしながら冷蔵庫からシャンパンと、テイクアウトのパックを取り出した。一緒に買っておいたエビとアボカドのサラダと、生ハムとイチジクだ。

「お、いいな」

加藤木がさっそくリビングへ持っていこうとするのを引き止め、パイン材のプレートに盛りつけた。

「さすがインテリアコーディネーター」

「あんたがかまわなさすぎるんだよ」

揃ってリビングに戻ると、加藤木がボトルの口を天井へ向ける。

「ちょーっ、やめろ！　優勝祝賀会じゃないんだから！　そっと静かに開ければいいだろ」

「盛大に祝いたい気分なんだけど」

「祝うから！　栓《せん》を飛ばすな！　こぼすな！」

どうなることかとハラハラしたが、加藤木はソムリエのように優雅な手つきで栓を抜き、グラスを黄金色の液体で満たした。

「今日までとこれからに乾杯」

「……乾杯」

奮発したシャンパンは美味で、喉が渇《かわ》いていたこともあり、樹は一気に飲み干してしまった。

「おっ、どんどんいこう」

言われなくても、このまま酔っ払って全部忘れたいよ。

今ごろ外でタワーマンションを見上げ、傷心という名の快感に打ち震えているはずだったのに、どうしてこうなった？

グラスの中で立ち上がってくる気泡を眺めていると、目の前に生ハムを巻いたイチジクが差し出された。

「ああ、ありが——」

受け取ろうと指を伸ばすと、加藤木の手がすうっと避け、樹の唇に生ハムイチジクが触れた。

……まさか、あーん……て……？

期待していたセンチメンタルのかけらもない、逆にラブラブを通り越して、バカップルのやり取りではないか。そっと横目で窺うと、加藤木はまんざらでもない顔をしていた。

ばかばかしいっ……俺はこんなことがしたかったんじゃないんだよ。

せめて胸の中で返しながら、生ハムとイチジクを頬張った。

「……うま……」

「この前、この組み合わせを気に入ったみたいだったからな。どれ——うん、生ハムの塩気とイチジクの甘みのバランスがいいな」

満足げな加藤木の横顔を見つめながら、人間はどれほどマイナス方向に感情が昂っていようと、食べ物を口にすると緩和されるものだと、樹は思った。

……ま、しかたないか。タイミングが悪かった。

今回のプロジェクトは明らかに失敗だったが、これが最終形態ではない。これからもつきあいが続くということは、常に別れの――失恋のチャンスがつきまとうわけだ。

しかも今や加藤木と樹は、互いに告白し合ったれっきとした恋人同士にクラスチェンジした。

これまでのように一目惚れ《ひとめぼ》で告白して玉砕だとか、なんとなく雰囲気でつきあっている感じ、あるいは身体の関係から始まって振られるのとはわけが違う。正真正銘の、将来を見据えて交際中の彼氏に振られるのだ。

そうだよ、ものは考えようだ。これで振られたとなれば、きっと歴代でいちばんハートに響く失恋になるに決まってる。

そのときまで、せいぜい樹も恋人気分を楽しんでおけばいい。それだけショックも大きくなること請け合いだ。

「でも、なんでOKしてくれたの？　加藤木さんって、来る者拒まずタイプ？」

「なんで苗字呼びに戻るんだよ。祥孝、だろ」

指で鼻先を突かれ、ベタなのを通り越したアクションに、樹は怖気立《おじけだ》った。

ぎゃああっ、なんだこいつ！　こういうことする奴だったのか？　今までとキャラが違うだろ！

しかし先ほどの「あーん」といい、加藤木の言動に変化を感じるということは、彼なりに樹を正式にパートナーのポジションに据えたのだろうか。

……あんまり嬉しくない……。

いや、恋人関係を継続するのは腹を決めたけれど、こういうノリは苦手だ。正直勘弁してほしい。

いやいや、でもここまで来た以上、絶対に失恋させてもらわなきゃ割に合わないし、そのためには我慢するしかない、のか……?

「えっと……よ、祥孝は(くうっ、痒《かゆ》い……)一生なんて約束しちゃっていいわけ? 前に結婚の予定を訊いたときは、まだ二十六だって言ってただろ?」

「一般論としてな。実際それまで、そうしたいと思うこともなかったし。でも、樹とならいいと思った」

加藤木はなんの気負いもないそぶりで答えるが、樹は頬が熱くなる。そんなこと望んでもいないはずなのに、ストレートに最上級の好意を示されると、やはり悪い気はしない。というか正直嬉しい。

でも破局するんだよな……ああ、想像しただけで苦しいくらい、いい……。

「樹、大事にする。今度こそずっと一緒にいる」

加藤木に肩を抱き寄せられ、樹はとりあえず頷いて頭を預けた。

今度こそって、これまでの一か月も、けっこう一緒にいたと思うけどね。

なにしろ仕事が加藤木専任だったから、オンオフともに一緒に過ごしていた。これ以上となったら、同居するしかないだろう。

いや、まさか……。

とにかく仕切り直しとなったわけで、樹としてももう一度対策を練る必要がある。加藤木が樹に愛想を尽かすように、言動もシフトしていいだろう。

「じゃ、そういうことで。また連絡するから――」

立ち上がろうとした樹だったが、加藤木の腕に包まれ、耳元に唇を押し当てられる。

「帰るのか？　冗談だろう？　泊まっていけよ」

耳に息を吹き込まれ、胸元に指が這うのを感じて、樹は必死に逃れようとした。

「いや、セッティングして汗かいたし、今日は加藤木――じゃない、祥孝にもゆっくりしてほしいし」

「おまえとゆっくりしたい。じゃあ、まず風呂に入ろう」

うわあ、失言……。

抱きかかえられるようにして、バスルームへ連れていかれた。

ジェットバス付きのバスルームは二面が窓になっていて、湯船に浸かりながら東京湾と都心を一望できるという最高のロケーションだ。すでに日が落ちて、星空のような夜景が眼下に広がっている。

天井に設えられたオーバーヘッドシャワーは、男ふたりが並んでいても充分に湯が降り注ぎ、快適だったが――。

「いいから！　自分を洗えよ！」

立ったまま頭を洗っていた樹は、いつの間にか手が増えているのに気づいて、肘《ひじ》を振り回した。

確実に手応えがあったのに、加藤木は楽しそうに笑っている。

「おっ、油断ならないな。でも、隙あり！」

「うわあっ！」

背中から抱きしめられて、樹は思わず壁に両手をついた。そこに加藤木の手が重なってきて、押さえ込まれる。リーチの差で、突き飛ばそうにも背中が加藤木の身体に届かない。それなのに加藤木のほうからは、余裕で樹の項《うなじ》に唇を押しつけてくる。

「ちょっ、待てって！　なんで今？　出るまで待てないのかよ？」

「待てない」

肩に歯を立てられて、樹は背筋を反り返らせた。三日と空けずにセックスを繰り返していたので、加藤木には性感帯も見抜かれている。

樹の力が抜けたのを見て取った加藤木は、自分にもたれさせるようにして胸と股間を愛撫し始めた。乳暈ごとつままれてくびり出される乳首は、たちまち加藤木の指を必要としないくらいに硬く尖った。

「……も、絶対大きくなった……あっ……」

「今までが小さすぎたんだろ。このくらいでちょうどいい。感度も上がったんじゃないか？」

「そんなこと、な……あ、あっ……」

引っ張る指から乳首が逃げ、胸全体に疼痛が広がった。せつない疼きが下肢まで伝って、樹は訴えるように腰を揺らした。先ほどから股間も弄ばれていたけれど、先端ばかりを撫で回されて焦れったさが募っていた。

「やるなら……ちゃん、と……っ……んっ……」

「洗ってやってるんだよ。それなのに、いつまでもぬるぬるしてて」

指先で鈴口を突かれ、樹は反射的に腰を引いた。尻に硬い感触がぶつかり、こらえようもなく声が洩れる。

「そっちだって……カチカチじゃないかっ……」

「当たり前だろ」

加藤木は愛撫の手を止めて、樹をしっかりと抱きしめた。勃起したものが樹の尻の間に強く擦りつけられる。それだけで後孔が柔らかく蕩《とろ》けていくような気がした。

「樹のエロい姿を見てると、このまま突っ込みたくなる」

「……冗談。本気でやりそうで怖い……」

実際にされたら流血沙汰だが、しかし加藤木の言葉に昂っている自分もいた。

「やらないよ。でも――」

「んっ……」

ぬるりとした感触が尻のあわいを伝い、指が窄《すぼ》まりを撫で回す。背後から華やかな甘い香りが漂ってきて、バスルームに揃えたイランイランのマッサージオイルを使っているのだと気づいた。

「じっくり念入りにマッサージしてやる。我慢できなくなるくらいに」

「調子に、乗る……なっ……」

そう言い返したものの、ほどなく樹は送り込まれる快感に、身悶《みもだ》えしてよがることになった。加藤木は容赦なく樹の弱い場所を攻め立て、初めは必死に我慢して抗《あらが》っていた樹を、愛撫の官能に引き込んだ。それでいて同調して動こうとすると、指の動きを止めたり、他の場所に移動したりして、樹の焦燥を煽《あお》った。

いつの間にかバスルームの壁にすがって、加藤木へ尻を突き出す格好で、樹は喘いでいた。抜き差しのたびに襞《ひだ》が捲れ上がる後孔や、快感にきゅうっと引き締まった陰嚢《いんのう》、とめどなく粘液を滴らせているペニスもすべて加藤木に見られていると思うと、ますます興奮してくる。

たとえ猥《みだ》りがわしがすぎて加藤木に引かれることがあっても、いずれ振られて本望《ほんもう》だと思っているので、取り繕う気にもならない。

「……い、入れてっ……早く……っ……」

「風呂から出るまで待てない？」

先ほどの樹の言葉を返して揶揄う加藤木だが、指がゆっくりと引き抜かれていった。ちゅぽ、と音を立てて指が抜けた後孔が、せつなさに激しく蠢《うごめ》く。

「待てるかっ……」

「俺もだよ」

腰を掴まれて引かれ、ヒクつくそこに怒張が押し当てられる。しかしそれは股間を滑って、快感に引き締まったタマを突いた。

「あっ、ち、違うっ……！　入れるって……待てないって言ったのに……っ……」

「焦らしてんの。待たされるほど、その後がいいだろ？」

その間も怒張で股間を擦られ、樹は喘いだ。高められすぎているせいか、身体の外側を刺激されるだけなのに、ひどく感じる。

「……もっ……待たされすぎだしっ……あっ、あっ……」

忙しなく伸縮を繰り返す後孔に、再び指が押し込まれた。

「あああっ……」

全身の筋肉が悦《よろこ》びにうねる。指の感触にも歓喜して激しく戦慄き、樹はそのまま絶頂を迎えた。

「あっ、ああっ、あっ……」

今、欲しいものとは違ったけれど、器用に動く指に翻弄されて、肉壁を締め上げながら断続的に精を放つ。気持ちいいのと上がりすぎた熱に、頭がくらくらした。

「なんだ、指でもいいんじゃないか」

加藤木がじりじりと指を引こうとするが、まだ余韻を引きずっている樹はそれがたまらなく惜しくて、狼狽えるように媚肉を蠢かせた。

「ちがっ……そうだけど、違う――あう、んっ……」

すかさず捻じ込まれて、快感が脳天まで響く。太腿の付け根を行き来する怒張にも、鳥肌が立つ。

「いいだろ?」

激しく指を動かされ、全身が揺さぶられる。壁にすがりついていたはずが、加藤木と壁に挟まれて押しつぶされ、太腿の間を擦られるたびに爪先立ちになっていた。

「ああっ、い、いいっ、気持ちい……あっ、んあっ……」

壁に擦られるペニスが二度目の放出を求めて、激しく脈打つ。

「……い、いくっ……またいっちゃう……、ああっ……」

「いいよ。何度だってつきあう」

耳殻《じかく》に吹き込まれた囁きに、あえなくストッパーが外れた。

加藤木にもたれかかるようにして達した樹に、加藤木は額《ひたい》や瞼《まぶた》にキスの雨を降らせた。

「じゃあ、二回分はベッドで払ってもらおうかな」

加藤木の言葉に、樹はぎくりとする。初回以来、射精回数にこだわる加藤木に懲《こ》りて、毎回できるだけセーブするようにしていたのに、つい油断した。それというのも、予定どおりに加藤木が振ってくれなかったからだ。

……こんなはずでは……。

いろんな意味でそう思った。

新規オープンする和風カフェの内装の打ち合わせから戻ってきた樹は、事務担当の奥井《おくい》に封筒を渡された。宛名は加藤木で、請求書在中のスタンプが押されている。

「なに？　郵送じゃないの？」

「直接持参してほしいそうですよ」

「なんでわざわざ！」

一日も早く加藤木の愛想を尽かせるために、必要以上の接触は避けるつもりでいたのに。

「私に言われても……」

困惑する奥井を庇《かば》うように、滝沢がパソコンディスプレイの向こうから顔を出した。

「いいじゃないのよ、それくらい。ていうか、気に入られてるんだから感謝しなさいよ。誰か紹介してくれるかもしれないじゃない。繋ぎはつけておいて損はないわよ」

気に入られてるのは間違いないですけどね、それは今のうちだけだから。

滝沢にまで言われては逆らえないので、樹はできるだけ時間をかけて事務処理を済ませ、封筒を手にオフィスを出た。

駅へ向かう途中で、加藤木に一報を入れる。

「これから請求書持ってくけど」

『ああ、今出てるんだ。先に部屋に入っていてくれ』

「いや、それなら日を改めて——」

樹の言葉が終わる前に通話が切れた。

なんだよ！　なんで俺が部屋で待ってなきゃいけないわけ？

むっとしながらも、ブリーフケースの中のキーリングを探った。いや、確かめるまでもなく、マンションの鍵は持ち歩いている。

コーディネートを終えて、加藤木が新居に引っ越してきた日の翌朝、つまり失恋が未遂に終わったどころか、改めて恋人同士になってしまったショックと、加藤木曰《いわ》く「正式の恋人同士のセックス」の疲労を引きずっていた朝、樹はマンションの合い鍵を渡された。

最初は受け取れないと断ったのだが、遠慮はいらないと押し切られ（遠慮なんかしていない）、さらに定期的にチェックしてくれないと、せっかくのコーディネートが残念なことになると脅《おど》された。

加藤木に任せておいたら、樹が丹精込めた初の単独コーディネートが無残なことになるのは想像がついたし、それは忍びない。それに、自分の作品を目にすることで、今後の仕事に対する英気も養える気がして、鍵を受け取ってしまった。

でもだからといって、不在中の他人の家に入るつもりはないんだけど！

腹立たしく思いながらも、樹の足はグローリータワーのペントハウスへ向かっていた。

「おじゃましまーす……」

一応チャイムを押してみたが応答はなく、鍵を使って玄関ドアを開けた。

あれから四日。早くも人の住む部屋の匂いが感じられる。しかし足元を見降ろした樹は、たたきに数足の靴が転がっている様に眉をひそめた。

「ここに！　驚きのたっぷり収納を誇るシューズクローゼットがあるだろうが！　なんで脱ぎ散らかしておくかな！」

シンプルな真鍮《しんちゅう》の縁取りのある姿見を兼ねた扉を開き、重いエンジニアブーツやシカ革のモカシン、モンクストラップの革靴を放り込んだ。

玄関からしてこれでは、先が思いやられる。

「……ほら、やっぱり」

リビングのソファには、ブランドのショッパーが積まれていた。いつぞや仮住まいのホテルで見たのと同じく、買って帰ったままで開けてもいない。あのときは、いずれ引っ越しが控えていたからという言いわけもできたが、今回はそうもいかない。

「片付けられないから買うなよ」

つい手を伸ばしかけた樹だが、中身を取り出してあるべき場所へ収納するのは、さすがに気が引けた。しかし、こうして置いておくのも気になる。

ああもう！　他を見よう。

キッチンのシンク周りはきれいなままだった。あの日、樹が洗ったフルートグラスが、そのままになっていたが。加藤木は見事に自炊をしないらしい。ある意味賢明な判断ともいえる。

コーヒーは淹《い》れるようで、カウンターの隅に置いたコーヒーメーカーに、冷えたコーヒーが残っていた。

「ん……？　てことは……カップはどこだ？」

樹はあたりをつけて書斎を覗いたが、パソコンデスクには本が数冊積み上げられているだけで、カップは見当たらなかった。椅子の背に脱ぎ捨てられていたパーカーを拾い上げ、ベッドルームへ移動する。

「あ、あった」

サイドテーブルにマグカップを見つけ、ほっとしたのもつかの間、寝乱れたままのベッドが気になって、枕を整え布団を直していると、

「ここにいたのか」

と声がかかって、樹は飛び上がった。

「うわっ、お、おかえり……」

「ただいま。いいな、迎えられるのって」

迎えてないし！　ていうか、おかえりなんて言っちゃったよ！　なに言ってんだよ、俺は。ここは「おじゃましてます」だろ。

「いや、カップを探して……そしたらベッドが──」

「うんうん、じゃあまず一発いっとく？」

今日の加藤木はビジネススーツだった。平均から外れた体格だと、スーツもなかなか合うものがないはずだが、オーダーメイドらしく肩から胸板にかけてのラインが惚れ惚れするほどきれいだ。シャドウストライプのチャコールグレーは地味になりがちなところを、金茶のネクタイとベージュのポケットチーフで華やかさを演出している。

そのジャケットを無造作に脱ぎながら近づいてきた加藤木に、樹は我に返ってポケットから封筒を取り出した。

「せっ、請求書をお持ちしました！」

「いきなり金の話とは、無粋だな」

鼻先に突き付けられた封筒を、加藤木はため息とともに取り上げる。

「無粋もなにも、そっちが持ってこいって言ったんだろ」

「はいはい、じゃあ雑用を先に済まそう。小切手でいいか？」

あっさりと踵を返した加藤木に安堵しかけた樹だったが、その言葉にぎょっとする。

「はあっ？　冗談じゃない！　そんな大金、小切手でも預かるのやだよ！　銀行振り込みでお願いします！」

「わかった。ネットからやっておく」

……できるなら最初からそうしてくれ……。

キッチンでカップを洗っていると、加藤木がカウンターに紙袋を置いた。横浜《よこはま》の有名中華料理店の名前が入っている。

「酢豚とエビチリが旨いらしい。まあ、鉄板だな」

「テイクアウトじゃなくて食べてくればよかったのに。そこのイチオシは小龍包《シヨウロンポウ》だよ」

「らしいな。でも、アツアツじゃなきゃ意味がないだろ。だから今日はこれで我慢しとけ。そのうち食いに行こう」

どうやら樹と食べる分を買ってきたらしい。

「せっかくだけど、夕食済ませてきたんで——」

ぐうう、っと盛大に腹が鳴った。

……なんでこのタイミングだよ……。

加藤木は肩を揺らして笑っている。

「そうか。じゃあ、先に——」

背中から抱きしめられ、鼻腔を這い上がるヘアワックスの匂いに、樹はため息を洩らした。力が抜けそうになる。

「さ、先も後もない！　用は済んだし、帰るから」

「冗談だろ。金曜だし泊まってけよ」

「着替えもないし、最近乾燥気味だから、保湿クリームがないとだめで――ちょっ、引っ張るなって！」

「ちゃんと揃えてある」

なにを？　保湿クリームを？

樹をリビングに引っ張ってきた加藤木は、件のショッパーを開け始めた。

いきなり出てきたのは、ルームウェアが主流のブランドの、もこもこしたセットアップだった。色こそシックなワインカラーだが、素材がふわふわで、ユニセックスなのでどことなく可愛らしい。

「紺と迷ったんだけど、やっぱりこっちでよかったな。で、これがバスローブ。あ、揃いのルームソックスも買ったから」

ワッフル地のバスローブはフード付きで、実は樹も購入を迷った末に諦めたものだったので、思わず手に取ってしまう。

「あー、これやっぱいい。でも、そっちのはどうかなー」

「絶対似合うって。それから……ああ、これは下着。Mでいいんだろ？」

袋を逆さまにしてソファに広げたのは、有名ブランドの下着で、たしかに樹に合うMサイズだったが――。

「なにこれ！　どうかしてるんじゃないの！　穿《は》けるか、こんな派手な柄！」

「別に誰に見せるわけでもないんだから、気にすることないだろ。あ、俺が見るか」

「ぎゃーっ、これはない！　ビキニなんか穿かないよ！　しかもこんなＴバック！」

「穿いてほしい」

「嫌だ！　自分で穿けば？」

「こんなのに収まるか」

「悪かったな！　俺は標準！　あんたがでかいの！」

他にもニットやらロールアップできるラフなパンツやら、数日は着替えに困らない数の衣類が出てきた。さらにグルーミング用品やボディクリームも。

プレゼントの山に囲まれて、樹は呆然《ぼうぜん》とした。

「すごい歓迎だね……」

「他にもいろいろ買いたかったんだけど、さすがにちゃんとした服とかは、本人が合わせてみないとだめだろ。明日行こうか」

プレゼントされた樹よりも、加藤木のほうがよほど楽しそうだ。樹のための買い物なのに、そんな顔をされると、悪い気がするはずがない。

しかし、別れる方向に持っていくという思惑から外れているのは確かだ。ここはひとつ、嫌な奴を演じてみるべきだろうか。

「行ってもいいけど、中途半端な安物は買わない主義だから俺。それにワンシーズンごとに大量まとめ買いだし」

「そうか？　これまで見てきたところでは、一定数のアイテムをうまく着回してる感じだったけど」

……す、鋭い……。

実際のところは、シーズンごとにシャツやカットソーなどの基本アイテムやパンツ類がそれぞれ五枚ほどでやりくりしている。他にスーツが礼服含めて三着、コートなどのアウターが五着ほど。

「気に入るものが少ないってことだよ！　それに、ブランドものばかりがいいってわけじゃないからね！」

指摘される前に言いわけしたせいで、直前に言ったことと矛盾してしまっている。しかし加藤木は気づいていないのか、感心したように頷いていた。

「ふうん、やっぱりセンスの問題なんだな。じゃあ、俺の服も選んでもらおうかな」

「えっ、なんで――」

拒否するつもりが言葉に詰まった。

基本、服に限らず買い物は大好きだ。加藤木なら予算に悩むこともないだろうし、モデルも顔負けのスタイルで選び甲斐がある。いつもはショーウィンドウを眺めるだけの高級ショップにだって、足を踏み入れて商品を手に取れるだろう。

……楽しそう……。


「……どうしてもって言うなら、行ってやらないこともない」

内心わくわくしながらもったいぶって答えると、加藤木は嬉しそうに指を鳴らした。

「決まりだ。そうとなったら明日は朝から出かけるぞ。さ、早く寝るためにも、急いでメシを食って、風呂に入って、エッチして――」

「ちょっと待った！　メシと風呂はともかく、エッチは絶対時間がかかるだろ。早寝なんて無理だ」

「だいじょうぶ、早漏だから。おまえが」

「はあっ⁉　聞き捨てならないし！」


けっきょく就寝は二時を回っていたが、朝から元気な加藤木に八時に起こされた。それでも一時間近くを毛布にくるまって粘り、慌ててマンションを飛び出すことになった。

近くのホテルのモーニングで改めて目を覚まし、開店時間を見計らって銀座へ繰り出す。街は冬物真っ盛りというかクリスマス商戦突入で、華やかなディスプレイに目移りしそうだった。週末ということもあり、人も多い。

「あっ、あれいい」

樹の目を留めたのは、ハイブランドショップのウィンドウに飾られたツイードのハーフコートだった。グレー系だが、パステルカラーの糸が交ざっていて、地味になりすぎず適度にカジュアルだ。襟周りには短く刈り込んだリアルファーがあしらわれている。

「毛皮は取り外せるのかな？　袖ベルトと同じスエードかな？」

「見てみればいいだろ」

加藤木は樹の肩を押してエントランスドアに向かう。ドアマンが恭《うやうや》しくドアを開けてくれたが、樹は一瞬足が竦みそうになった。

「いらっしゃいませ」

「あのコートを試着したいんだけど。ああ、彼のほうね」

なんて無駄のない会話だと感心したが、せっかく初めて店に入ったのだから、ひととおり見て回りたい。

それにしてもやっぱり高いな。うわ、このニット十二万だって！　カシミアでもこんなうっすいやつなのに。

ということは、先ほどのコートはウン十万だろうかと考え、樹は早くも後悔していた。買うとしても加藤木が支払うつもりなのは間違いないが、それでも気が引ける。

いや、買うって決まったわけじゃないし。最悪、欲しくても買わないって手段もあるわけで……。

だいたい別れることが決まっているのに、散財させるなんて気が咎《とが》める。いや、加藤木に愛想尽かしさせるには、これもまた一案だろうか。

そんなことを考えているうちに、優男風の店員がコートを手に近づいてきた。

「サイズは三十八でよろしいでしょうか？」

「あっ、はい……」

裏地の滑り具合まで上等で、樹はため息が出そうになった。

「……軽い」

「皆さまそうおっしゃってくださいます。サイズはぴったりのようですね」

「いいじゃないか。よく似合う。それでなんだっけ？　襟の毛は外せるの？」

「はい、ループボタンになっております。ファーはトリミングしたムートンですね。外しますと、このように――スエードのステンカラーですので、マフラーなど合わせていただいてもよろしいと思います」

店員はすかさず手近のマフラーを手に取って、樹の肩に巻きつけた。ペールブルーにチェックの織が入ったカシミアだが、まあこれは似たようなテイストのものが、探せばいくらでもあるだろう。

「じゃあ、一緒にそれも」

「ええっ⁉」

「ありがとうございます」

焦る樹から店員は愛想よくコートを脱がせ、レジカウンターに運んでいく。

「そんな簡単に決めていいの？　だいたい値札も見てなかったんじゃ……」

樹は加藤木に耳打ちするが、怪訝そうに返された。

「なにか不都合があった？　襟の件も確認しただろ」

「そうだけど――」

「俺も上着が欲しいな。どれがいいと思う？」

少なくともマフラーはいらなかったのではないかと考えていた樹は、加藤木に話を振られてつられた。

「上着って、ジャケット？　コート？」

「なんでもいい。てきとうに」

「てきとうって……あんたの持ち合わせてる服も知らないんだけど」

店内を見回しながら、ハンティングジャケットふうのデザインを手に取った。クラシカルだが、こういうのもいいのではないかと思う。

「エルボーパッチがついてる。好きなんだけど、ハードル高いよなー」

肘当ては黄褐色《バフ》のスエードで、ダークグリーンのジャケットから浮き上がって見える、かなり攻めた配色だ。一歩間違えば、ダサい、おっさん臭いと評されるところだろう。

加藤木に着せて評判が悪かろうと、それは樹へのマイナスポイントとなって失恋に繋がるだろうから、望むところではあるのだが、加藤木の素材がいいだけに、変な格好をさせるのは惜しい気もする。

「それか？　サイズある？」

「あ、お客さまでしたらこちらが合うかと」

控えめにつき従っていた店員が、ここぞとばかりに加藤木サイズのジャケットを手にして着せかけた。

「う……」

……に、似合う……。

「お似合いです！　デニムとのコーディネートはダメージや色落ちのないものをお勧めするのですが、このままでもいいですね。お客さまの雰囲気でしょうか」

店員の絶賛がお世辞だけではないと樹も納得するほどに、穿き古したデニムとのバランスもいい。

「そうか。じゃあ、これも一緒に」

所要時間わずか十分で、五十万超の買い物を済ませた加藤木に、樹は眩暈《めまい》がしそうだった。

わかってた……こいつが金持ちなのは。

しかし実際に目の前で支払いをされると、庶民の樹は恐れ戦いてしまう。

笑顔の店員に送り出され、大きなショッパーを抱えて路上に立った樹は、早くも帰りたくなっていた。

「じゃあ、今日はこの辺で――」

「冗談だろ。まだ一軒しか見てない」

「一軒も充分に見てないよ。それなのにこんなに買っちゃって。このままじゃ持てなくなるくらいになる」

「配送にすればいい」

「そういう意味じゃなくて――あっ……」

数件先のシューズショップのディスプレイが目に入った。加藤木の靴はこのブランドが多く、樹がいつかは手に入れたいと思っている憧れの靴でもある。

「行こう」

樹の視線に気づいたのか、加藤木は樹を促した。

「……行くけど、俺はいいからね」

ヘタレと言われてもいい。やはり他人に散財させるのは性に合わない。先ほどのような思いをするのはもう充分だ。

だから加藤木の靴を見繕って、その間に自分も試し履きさせてもらえば御の字くらいに考えていたのだが、加藤木はここでも樹の靴を買った。それも二足も。サイズがあれば三足になるところだった。

「いらないって言ったのに……」

包んでもらう間、樹はそう呟いたのだが、加藤木は口端を上げた。

「俺の靴、履いてみてただろ」

「……っ、見てたのか」

玄関に脱ぎ散らかしてあったエンジニアブーツを片付ける前に、つい足を入れてみたのだ。サイズが違いすぎてぶかぶかだったけれど、憧れの靴を試せた満足感で、ひとりにやにやしていた。

気まずいやら恥ずかしいやらで俯く樹の肩を、加藤木が叩く。

「よかったじゃないか、同じのがあって。お揃いってのもいいな」

「一緒には絶対履かないし！」

加藤木のライダースジャケットをこっそり羽織ったことは知られていないようだと、安堵したのは秘密だ。

その後はもう感覚がマヒしてしまって、加藤木によさそうだと思ったものを片っ端から試着させて購入させた。いつ音を上げるかと意地悪く窺ってもいたのだが、さすがは『タッチュー』の創設者だけあり、勢いはとどまるところを知らず――帰宅を促したのは樹のほうだった。

「バッグを見るのを忘れたな。明日行ってみよう」

荷物満載のタクシーの中で、加藤木の言葉に樹はぐったりと首を振った。

樹が休みの日には買い物だの食事だのと連れ回す加藤木だが、平日はそれなりに打ち合わせだとかで出かけていることもある。

樹はその日、ネクタイを手にマンションを訪れたが、加藤木は不在だった。メールを入れようとスマホを出して、思いとどまる。

ま、そのうち帰ってくるよな。

リビングのソファに荷物を置き、テーブルに包装された箱を載せる。

あまりにもいろんなものを買ってもらい、加藤木が乗り気なのだからかまうことはないと思いながらも気が咎め、初めて自分で加藤木にプレゼントを用意した。金額的には何十分の一にも満たないが、そこはそれ、気は心というやつだ。だいたい大金持ちと張り合っても意味はないし、そんな甲斐性もない。

しかし改めてお礼だと差し出すのも、わざとらしくて気が進まない。それに、プレゼント自体をするのが初めてで、なんだか照れくさい。

そうだ、あそこに置いとこう。

樹はラッピングを解いてネクタイを取り出すと、ベッドルームに向かった。ウェリントンチェストには、ネクタイやポケットチーフ、ベルトといった小物が、ディスプレイを兼ねた引き出しを開けたまま収納されている。

樹はネクタイをその中に忍ばせ、数歩下がってあまりにも目につかないことに首を捻り、もう少し目立つ場所に移動させた。

押しつけがましいことはしたくないが、まったく気づかれないままというのもがっかりしてしまう。ことに加藤木の場合は、その可能性が高い。

納得して、サイドテーブルに積まれていた書籍を抱える。これは書斎に戻しておこう。マンションを訪れると、毎回片付けから始まるのだが、今日はきれいになっているほうだ。

書斎では、稼働したままのパソコンが、ゆったりと動くスクリーンセーバーを映していた。棚に本を戻そうとして、見覚えのないものに気づく。

「……なんだこれ？」

空いたスペースに、額に入った絵が飾られていた。六号ほどの小さなもので、サイズ的には問題ないが、安っぽいスチール製の額も、肝心の絵もパッとしない。まあ、絵に関しては、名のある画家の作品でも首を傾げるようなものもあるが、この絵はどう見ても素人の拙《つたな》さばかりが目につく。

だいたい書斎には絵も置物もいらないと言ったのは、加藤木のほうだ。棚もそのうち本や雑誌で埋まるから空けておいてくれと言われて、そうしたのに。

それがなんで、こんなのを飾ってるわけ？

絵には白と黒のイルカが泳ぐさまが描かれていた。ふと思い出したのは、加藤木と出かけた水族館だ。あのときも加藤木はパンダイルカを熱心に見ていたが、それがこの絵を選んだ理由だろうか。

そういうのが欲しけりゃ、言ってくれればいいのに。

リクエストがあれば、できるだけ希望に沿って、なおかつ部屋とマッチするものを探してくる。それが樹の仕事でもあるのだ。

それなのに、樹が吟味して揃えた空間に見知らぬ絵があることが、まるで異物のようで眺めていると、廊下を歩く足音が近づいてきた。

「来てたのか。……樹？」

加藤木は樹の視線に気づいたらしく、わずかに動揺を見せた。それがなんだか隠し事がばれたように見えて、樹の胸にもやっとしたものが広がる。

家中をくまなくコーディネートしたとしても、コーディネーターが受け持つのはその完成までで、その後、家主がどのようにものを移動させようと、あるいは追加しようと取り払おうと、口を出せる立場ではない。

しかしたびたびマンションを訪れ、合い鍵まで持っているせいか、またそのたびに片付けたりして状態の維持に努めているせいか、不満のようなものが燻《くすぶ》ってきた。

「この絵、合わなくない？」

だからつい、そう言ってしまった。そして口に出してからはっとする。

加藤木は目を見つめて、せつなそうに眉を寄せた。

「思い出の絵なんだよ。大切な……」

瞬時に自分の失言を認めたが、それでも不満は治まらなかった。むしろ絵を擁護するような加藤木のセリフに、苛立ちが募る。

なんだよ、大切な思い出って……それなら最初から飾りたいって言えばいいじゃないか。それを隠すみたいに後から……。

樹は睨むように絵を見つめた。

いったいどんな思い出があるのだろう。これを描いたのは誰なのだろう。

考えてみれば、樹は加藤木のことをほとんど知らない。高校のときにアメリカへ渡って、向こうの大学を出て、人気のＳＮＳを作り上げて今や大金持ち――そのくらいだ。

知らないのは、尋ねることもなかったから。だってそうだろう、いずれ振られるだけの相手なのだ。失恋するのに、相手のバックグラウンドも過去の情報も必要ない。今までだってそれでなんの不都合もなかったし、そもそも興味がなかった。

それなのに、なぜだかひどく気になる。作者を含めて絵の正体が知りたいのはもちろんのこと、加藤木がそこまで執着することも。

だって……そんなタイプじゃなかったじゃないか。

大金を払ったマンションのインテリアも、完全に樹任せでどうでもいい様子だったし、バンバン買いあさっている服にしても、着るどころか袋を開けずに放り出してある。自分が立ち上げたSNSすら、もはや関心が薄いように見えた。

そんな加藤木が、いったい何年前のものなのか、素人の手慰《てなぐさ》みとしか見えない絵を、おそらくひとりで過ごす時間がいちばん長い書斎に飾っている。大切な思い出の品だと言って憚らないそれを、日に何度、どんな思いで見つめているのだろう。

……知りたい。

我慢ができなかった。

「どんな？」

口に出したことに気づいて、樹ははっとした。自分のほうこそ、なにをむきになっているのだろう。この絵に関して、加藤木がどんな思い出を持っていようと、樹には関係ないことではないか。

……いや、だって、任せるって言ったくせに、こんなもの飾ってるし……書斎の棚にちょっと載せてるだけだって、浮いてるし。だいたいそれならそうと初めに言ってくれれば、こっちだって考えて、それなりのスペースを作ったのに……そう、コーディネーターとして絵の対処を考慮しての質問なんだよ。

まるで言いわけのようだと思いながらも、どうにか自分でも納得がいく理由を弾き出したところで、樹は加藤木の微苦笑に気づいた。

ええっ、なに、その顔……。

なんともせつなそうで、さらに質問した樹を責めているように、どこか恨めしげにも感じられて——。

……な、なんだよ。そっちが思わせぶりなこと言うから、訊いただけじゃないか。

樹が言葉に詰まっていると、加藤木はふいに肩を竦めた。

「秘密」

「……はあっ？」

いつもの加藤木に戻った口調に、樹はほっとしながらも、躱《かわ》されたことに不満が残った。すべてを知る必要なんてないのはわかっているし、知る権利もない。加藤木が口を開かなければそれまでのこと、それでいいはずなのに。

「もったいなくて教えられない」

揶揄うような口調に、樹も反射的に言い返した。

「べつに知りたくないし！」

「じゃあいいだろ」

書斎を出ていく加藤木の背中を見ながら、樹は心の中で叫んだ。

よくない！


数日後、従兄の慎太郎から連絡が入った。ドバイの現場から帰国したので、土産を渡したいという。

樹は和風カフェの作業状況を見守ってから、慎太郎との待ち合わせ場所に出向いた。加藤木のマンションの仕事を紹介してくれたのも慎太郎だし、それが完了したと報告するべきだろう。

「はい、じゃあまず土産のデーツね」

蕎麦懐石《そばかいせき》が売りの店の個室で、慎太郎からずしりとする袋を手渡される。中身を覗いて、樹は顔を綻ばせた。

「白イチジクも！　ありがと」

「ペルシャ絨毯《じゅうたん》をリクエストされるよりずっと安上がりだ」

ビールで乾杯し、先付のごま豆腐、柿なます、生湯葉《なまゆば》、ズワイガニのわさび和えなどをつまみ始めながら、樹は口を開いた。

「あ、加藤木さんのマンション、無事に終わったよ。すぐに連絡しようと思ったんだけど、ちょうど出張中だって聞いてたから。お世話になりました」

「うん、それでどうだった？」

　慎太郎は興味津々といった様子で訊いてくる。樹の初の独り立ち仕事だったから、気にしてくれていたのだろう。

「予算フリーってすごいよね。ふつうはそれがネックでやり繰りするもんじゃない？　逆に縛りがなくて目移りしそうだった。あ、でもちゃんと常識の範囲内で収めたから」

「いや、そっちじゃなくて、加藤木のほう」

　なぜ仕事の内容でなくクライアントについて尋ねてくるのかと、樹はあん肝のゼリー寄せを喉に詰まらせそうになる。ふつう仕事が済めば、依頼人との関わりもなくなると知っているはずだ。

　まさか……なんか勘繰ってる……？　いやいや、そんな……。

　慎太郎とは成人した従兄弟にしては親しくしているほうだが、さすがに樹の性癖のことは知らない。相手をとっかえひっかえし、それも狙いは失恋だなんて知られたら、ドン引きされてしまう。

……あ、そうか。知る人ぞ知る有名人だっけ。

　樹は納得して、話を続けた。

「そうそう、『タッチュー』の創設者だってね。びっくりしたけど、どうりで若いのに金があるはずだよねー」

「びっくりしたのは、それだけじゃないだろ。今をときめくＩＴ長者が、高校の同級生だったなんてさ」

「……えっ……？」

当たり前のように言って、ビールを飲み干した慎太郎は、樹が目を丸くするのを見て、自分も目を瞠った。

……同級生？　高校の？　誰が？　俺とあいつが……？

「……なに、それ……？」

「え？　まさか、まだ言ってなかったのか？　そんな、なにやってんだ、あいつ。ていうか、言っちゃまずかったのかな……」

途中から俯いて独り言っぽくなった慎太郎に、樹はテーブル越しに詰め寄った。

「あいつ、英成学院《えいせいがくいん》だったの？　でも、そんなことひと言も……」

高校からアメリカへ行ったというのは聞いていた。しかし例によって樹は相手の過去を詮索することはなかったから、渡米前のことを訊きもしなかった。

……ふつう言うだろ。話したりしたことがなくても、同じ高校の同級生だったら。

しかし、樹が知らなかったなら、加藤木も知らなかった可能性があるわけで、話題にならなくても無理はない。

でも、慎ちゃんは知ってた……？

慎太郎も同じく英成学院出身だが、学年はみっつ上で在学期間はかぶらない。樹以上に加藤木を知る機会はないのではないか。

「なんで慎ちゃんは加藤木のこと知ってたわけ？」

慎太郎はしばらく迷うそぶりを見せたが、樹が「慎ちゃん！」と睨みつけると、諦めたように嘆息した。

「部活の後輩なんだよ」

「部活って……空手部？」

慎太郎は手酌でビールを注ぎながら頷いた。

美術部だった樹には縁がなかったが、運動部はOBが指導に訪れることも多く、学年を超えた交流もあったようだ。

「名簿を頼りに連絡してきてさ。帰国してマンションを買ったんだが、おまえに仕事を頼みたいから、口利きしてくれないかって」

「俺がコーディネーターやってるの、知ってたの？」

「知ってた。ていうかおまえ、世界的に発信してるだろ」

「……あ……『タッチユー』!?」

加藤木が作ったSNSとも知らず、樹は知り合いに誘われるままに登録して、仕事の話題など日記代わりにメモしていた。具体的な職場の名称などは出さずにいたが、なんの仕事をしているかは一目瞭然《いちもくりようぜん》だ。

「……でも俺、本名も出してないし……あっ、ハッキングとかいうやつ？　ていうか自分の会社なら、データ見るくらい――」

興奮する樹に、慎太郎は冷静に口を挟んだ。

「そのくらい、見る奴が見れば内容から読み取れるよ」

「え……そうなの……」

なにしろインターネットとゲームをちょこちょこやるくらいなので、仕組みについてはほとんどわからない。

「だいじょうぶなのか、おまえ。セキュリティとかちゃんとしとけよ。……うん、旨い」

運ばれてきたお造りのタイに塩昆布を載せて頬張る慎太郎に、同意しかけた樹は慌てて座卓を叩いた。

「そうじゃなくて！　それならそうと、なんで最初に教えてくれなかったんだよ？」

「口止めされてたんだよ。……あ、マグロいける！　日本人でよかったー。ほら、おまえも食べろよ」

視線をお造りの器に落とした樹は、つかの間刺身を味わうことに集中し、ビールを飲み干して息をつく。

「口止め？」

「うん。自分で正体を明かしたいから、黙っててくれって」

それが本当なら、いまだに黙られているままということになる。わざわざ連絡を取ってきたくらいなのに、加藤木はどうして言わないのだろう。

……ていうか、加藤木なんて奴、いたっけ……？

あれだけの外見の男なら、直接の知り合いではなくても一方的に知っていそうなものだ。それなのに、加藤木は樹を知っていて、樹は知らない。

空気的に目立たない奴が、アメリカで開花した……ってわけでもないよな。だいたい変身するにも限度ってものがあるだろ。

「うーん……憶えてないな……」

キンキと海老イモの揚げ出しに添えられていたマツタケを齧《かじ》りながら、樹は首を捻った。

「マジか。薄情だなー。おまえに絵を貰ったたって言ってたぞ」

「えっ？」

樹はマツタケを味わうことなく呑み込んで、声を上げた。

「シャレか。レベル低すぎ」

茶化す慎太郎の声も耳に入らない。

絵と言えば思い出すのは、いや、思い出すまでもなく頭に引っかかっているのは、書斎にあったパンダイルカの絵だ。

あれは樹が描いたもので、それを加藤木にあげたというのだろうか。

しかしそんな経緯があれば、加藤木のことを憶えていないはずがない。存在そのものが記憶にないというのは、どういうことなのか。

……あ……——。

高校一年の冬に起きた事故が脳裏に浮かんだ。あのとき樹は二日間目を覚まさず、いまだに事故前後の記憶に曖昧な部分が残っている。

その消えてしまった記憶の中に、加藤木に絵をプレゼントしたときのものがあったのだろうか。必死に考えてみるが、やはりなにも思い出せなかった。樹の記憶に、加藤木はいない。

「樹？　あんまり気にすんなよ。どうせ加藤木もなにも言ってこないんだろ？　それなら知らんふりしてりゃいいじゃないか。もしかしたらあいつのほうが勘違いしてて、他の誰かに貰ったものだったのかもしれないし」

樹の事故に責任を感じている慎太郎が気づかわしげなのを見て、樹は笑って見せた。

「ああ、うん。そうだね。いいんじゃない、べつに」

自分でもなにを言っているのかわからない返しになってしまったのは、慎太郎を心配させてはいけないという気持ち以上に、加藤木のことで頭がいっぱいになっていたからだろう。

気にしないでなんていられるわけがないじゃないか。いったいどういうことなんだよ？　初めから俺を知ってたのに、まだ知らんふりをしてるって？　なんで？

加藤木が人違いをしているという線は、まずないだろう。あんなふうに絵を手元に置いておきながら、その相手を間違うなんてあり得ない。

万が一にも絵の作者が別にいるのだとしたら、それは誰なのかということも気になった。

後半はなにを食べたのか記憶にないくらいで、とにかく樹は礼もそこそこに慎太郎と別れ、一路グローリータワーを目指した。

加藤木がいれば直接問《と》い質そうくらいの勢いで訪れたが、幸か不幸か不在だった。樹は真っ直ぐに書斎へ向かい、明かりをつけた。

書斎にはライティングレールを取り付け、照明をパソコン作業に適した向きに動かせるようにしてあるのだが、そのライトのひとつが棚の絵に向けられていた。そこからして、加藤木のこの絵に対する思い入れが窺える。

「絵のライティングっていうのは、そうじゃないんだよ」

樹は聞かせる相手もなく呟いて、正面から絵を見据えた。

油彩だが、凹凸はほとんどなく素人っぽさが目立つ。下から上に向かって青のグラデーションが薄くなり、中央に水面を目指すように泳ぐイルカの構図も、平凡極まりない。

「あっ……」

イルカの胸びれに白い筋があるのを見つけて、樹は眩暈を感じた。

加藤木と出かけた水族館のパンダイルカも、同じ場所に傷があった。樹がそれに気づいたのは、もっとずっと前、高校一年の観察学習で水族館を訪れたときのことだ。

『あ、あのイルカ……』

『うん、傷があるな』

水槽を見上げながらひとりごちた樹の横で、そう答えたのは誰だったのだろう。

『でも目印があるから、また来た客はすぐあいつだってわかるよな』

樹はさらにそう返したのだ。思いがけず並んで見学していたことに、胸を高鳴らせながら。

絵のイルカがあの水族館の個体だとわかった瞬間、頭の中で渦を巻くように記憶が蘇《よみがえ》ってきた。

そうだ。この絵を描いたのは自分だ。西日の差す美術室で、携帯のカメラに収めた画像に目を凝らし、何度も筆を重ねた。

絵の才能は平凡だったけれど、初めて挑戦した油彩は思い入れも強く、半年近く手を入れ続けてようやく完成したのだ。

それを、俺は——。

ばらばらになったスライドのような記憶が、少しずつ順番に並び始める。その中に、加藤木の姿があった。今よりも頬の線が柔らかくて、ひょろりとしていて、しかし女子人気の高そうなイケメンで——英成学院の制服を着ていた。そうだ、水族館で一緒にパンダイルカを見たのも、加藤木だった。

「……あ……——」

どくん、と心臓が跳ねる。内側から弾かれたように、樹は床に膝をついた。

加藤木が絵を受け取る光景が見えたのだ。差し出す手が震えている。指先が青い絵の具で汚れているのは、その日の朝まで絵を描いていたからだ。

……俺の手だ……。

そう、樹は加藤木に、ようやく仕上げた絵をプレゼントした。なぜ絵だったのか。加藤木と一緒に見たイルカを題材にしたから。あれがいちばん長い会話だったから。そのときいちばん大切なものだったから。手がけた時間を加藤木に受け取ってほしかったから。

膝が震えた。膝だけではない。押さえつけようとした手も震えていて、身体も揺れて、樹は自分を抱きしめた。

俺……加藤木が好きだったんだ……。

しかも絵を渡して、加藤木に告白をした。入学してからずっと好きだった、つきあってほしい――と。

初めて加藤木に目を留めたときのことまで思い出した。親睦を兼ねた五月のスポーツ大会で、樹はクラス対抗のバスケットボールの試合の応援をしていた。対戦クラスにひときわ素早い身ごなしの選手がいて、それが加藤木だった。

クラスが違えば部活も別で関わりはなかったけれど、樹は加藤木の姿を見かけるたびに、時間が許す限り目で追った。空手部の練習を覗いていたこともある。

唯一言葉を交わしたのは、昼休みの購買部でだった。ラス一のコロッケパンに同時に手を伸ばし、顔を見合わせた。

『……いいや。今回は譲る』

加藤木はそう言って、隣のクリームパンを摑んだ。そのときの声音まで蘇って、樹は震えながらかぶりを振った。

大好きだったのに、それなのに忘れてしまったのだ。なぜなら、加藤木の答えはこうだったから――。

『そっちが期待してるようなのは無理だ』

すでに一度経験しているのに、思い出した衝撃は大きかった。決死の告白に続く、待ったなしの失恋。あれこそが樹の長い失恋人生の一回目だ。

たしかにいきなり男から告られたら、ふつうの男なら応じるのは無理だろう。加藤木は当時からモテ要素満載で、好き好んで同性とくっつく理由もない。

しかしそれでも恋愛に不慣れなガキは、自分に都合のいい夢を見てしまうものなのだ。

今の樹なら、振られても無理はないとわかる。好きとか嫌いとか以前に、樹のことなど範疇《はんちゅう》外だったのだろう。

加藤木に拒まれた樹は、言葉にならないほどのショックを受けた。それこそ思いのたけを詰め込んで膨らませた風船を、差し出した途端に割られたようなものだ。

加藤木の前から逃げ去って、自転車に飛び乗り、とにかく一歩でも加藤木から離れようと、ひたすらペダルを漕いだ。無理だ、という言葉が頭の中をぐるぐる回って、それ以外聞こえなかったし、涙で視界もぼやけていたかもしれない。

そして、心だけでなく身体も強い衝撃に襲われた。トラックと衝突したのだ。跳ね飛ばされて宙を舞いながら、ふうっと意識が遠くなった――。

入院中に終業式と春休みを迎え、樹が登校したのは二年生になってからだ。クラス替えもあったけれど、他のクラスにも加藤木がいなかったのは間違いない。ということは、おそらく春休み中に加藤木は渡米したのだろう。

偶然加藤木のことが話題に上がることもなく、そのままその存在は樹の中から失われてしまった。

蘇った記憶に、樹はふらつきながら立ち上がった。何度もよろめいて廊下の壁にぶつかりながらリビングへ行き、ソファにひっくり返る。

あいつは全部知ってて、それなのに俺の告白を受けたってこと……？　なんで……。

知らなかったとはいえ、同じ相手に二度も告白した樹も間抜けだが、二度目には受け入れた加藤木の心境がわからない。

無理なんじゃなかったのかよ？

いたいけな高校時代の失恋とその後の大惨事を思うと、今になってあっさりＯＫした加藤木が腹立たしくなってくる。それなら多少の無理はしても、あのときに受け入れてくれればよかったのに。

……あ、そうか。もしかして……。

樹はそうとは知らずに、加藤木に事故のことを話している。多少なりとも事故の責任を加藤木が感じたということは、考えられないだろうか。当事者なら、告白と事故を、原因と結果として結びつけるのはむずかしいことではない気がする。慎太郎だって、いまだに気にしているくらいだ。

だから加藤木は、またしても告白してきた樹を拒めなかったのではないか。振ったショックでまた事故に巻き込まれるのではないかと、危ぶんだとか。

そうだよ、そうに決まってる。じゃなきゃ、一度振った相手を今さら好きになるはずがない。

ようやく納得のいく答えが導き出されて、樹はクッションを抱えたまま上体を起こした。

ということは……やっぱりそのうち振られるんだろうな。

顎《あご》が落ちて、クッションに埋まる。

同情のようなものでつきあっても、いずれ無理が生じるのはしかたのないことだ。人の気持ちを他人がどうこうできるはずもない。

……ん？　なに黄昏《たそがれ》てんだよ？　そもそも振られるために告白したんだし。

高校時代のそれはともかく、今回の樹は、失恋のターゲットとして加藤木を選んだのだ。振られて上等ではないか。

しかもいってみれば、一人目にして百人目というこれ以上望むべくもない人選だ。ついでにIT長者だとかいうオプションもついている。まさに記念すべき相手ではないか。

久しぶりの長丁場で、失恋の快感にもご無沙汰している。ここはひとつ、記録に残るようなエンディングをお願いしたい。

「今回は記憶にもしっかり残しておきます、ってね」

樹はひとりごちて笑ったが、気の抜けたような声が洩れた。

どういうわけか、振られるときを想像しても、いつものように心が浮き立たない。ご無沙汰しすぎて調子が悪いのかと、過去の印象に残る案件を思い出してみたが、反芻《はんすう》するだけで身震いするような喜びを感じるはずなのに、まったくときめかない。

むしろ過去に味わった罵倒《ばとう》や言いわけの数々が、頭に浮かぶたびに胸を痛ませる。それらが加藤木の口から遠くない未来に発せられると思うと――。

うん、まあ……できるだけお手柔らかにお願いしたい……かな……。

自分の気持ちに自分でぎょっとした。

いったいどうしてしまったんだろう。加藤木に振られるのがつらい――なんて。

ソファの上質な皮革が、握りしめた拳の下できゅっと鳴る。

そんなはずはないと思うのに、確信が強まる。

また加藤木に恋をしている、なんてことは――。

翌日、たまには外で食事しようと、加藤木からメールが入った。

【仕事が何時までかかるかわからないし、現場で夕食を済ませるかもしれない】

【飲むだけでもいい。終わったら知らせて】

遠回しに断ったもりだったのに、さりげなく食い下がられた。昨夜、留守中に樹が帰ってしまったのを気にしているのだろうか。樹としては、どんな顔をして会えばいいのかわからなくて逃げたようなもので、それは今でも変わらない。

なんでこんなことに……。

過去の関わりを知ったこともそうだし、加藤木がそれを承知で樹にコンタクトを取ってきたことも、そうとも知らずに失恋プレイの相手として加藤木を選んでしまったことも。

加藤木も加藤木だ。今さら償《つぐな》いだか罪滅ぼしだか知らないが、十年も前のことを掘り返さないでほしい。高校時代の樹の告白に、無理だと思ったから断った、それでいいではないか。人にはできることとできないことがあって、恋愛なんてその最たるものだ。他人が指示できることでもなければ、相手を想う以外の気持ちで受け入れられるものでもない。

加藤木にしてみれば、振った直後に樹が事故に遭って意識不明だったなんて聞かされれば、ずいぶんと後味の悪い思いをしただろうけれど、それとこれとは別問題だと考えてほしい。振った時点で加藤木は無関係だ。

たしかに傷心が事故の原因のひとつではあるかもしれないが、それは樹の問題だ。ついでに幸か不幸か加藤木の存在もろとも忘れてしまっていたのだから、今さらなにを蒸し返すのかと言いたくなる。

わざわざ慎太郎にまで問い合わせて繋ぎを取り、おそらく口実なのだろう、インテリアコーディネートを依頼してきた。もしかしたら、あのマンションを買ったのもそのためだったのではないかと思って、樹はぞっとする。

いや、怖いとかじゃなくて。億の金を使ったことが。後からこっちに請求してきたりしないだろうな？

どうしても会いたかったとか、なにか言いたいことがあったとかなら、そんな遠回しかつ浪費をせずに、ふつうに来ればいい。こんな大がかりなことをして、そのくせ正体を明かさずにいるというのはどういうことか。

まあ、樹が加藤木を忘れているというのは、予想外だったのだろう。顔合わせの時点で、「やあ、久しぶり！」となる予定でいたのかもしれない。

でも、だからって黙ったままっていうのもどうなんだ？

記憶をなくしていると知ったら、それで終了でもよかったのではないか。樹の中では加藤木との一件はなかったことになっているのだから、好都合ではないか。後ろめたい気持ちが残っていたのだとしても、加藤木も忘れてしまえばいいことだ。

それなのに、失恋という下心アリの樹の誘惑になびいてみせただけでなく、正式の交際までOKするとは、どういうことなのか。

やっぱり、振ったりしたら俺がまた事故に遭うとか、そういうのを案じて……いや、でもなんかすっきりしないっていうか……。

「デコラさーん、作業終わります」

内装業者の声に、樹は我に返って目を瞬《しばた》いた。

若い塗装工がヘラと盛板《もりいた》を手に、神妙な顔で樹を窺っている。漆喰《しっくい》の壁を扇模様に塗っていたのだが、どうやら樹はその作業をずっと睨みつけていたらしい。

「あ……ああ、お疲れさまです。うん、いいと思います。大きさも密度もちょうどいい」

安堵して撤収作業に入った作業員にねぎらいの声をかけながら、樹はヘルメットを脱いだ。

時刻は二十時過ぎ。ぶっちぎるという手もあるが、その後はどうする？　これっきりになるわけでもなし、ますます会いづらくなるだろう。

樹は仕事が終わったことと現在の居場所を、加藤木にメールした。すかさず待ち合わせ場所が伝えられてくる。

恵比寿《えびす》の商業施設の屋外広場はクリスマス仕様にデコレーションされ、イルミネーションを楽しむ人で賑わっていた。

階段を上がってきた樹は、左右に視線を巡らしただけで加藤木を見つけた。

うわー……。

加藤木はスーツにヘリンボーンのチェスターコートを羽織り、小脇に焦げ茶色の紙袋を抱えていた。スーツもコートも電車や街中でよく見るビジネスマンとそう変わらない組み合わせなのに、憎らしいほどカッコよく見える。

ひとつひとつのアイテムが質のいい高級品だということを差し引いても、中身がそれを倍増しているのだろう。実際、あの丈のコートが重たげに見えないのは、長身で脚も長い加藤木ならではだ。

加藤木は樹に気づいたらしく、軽く手を上げる。その瞬間、胸が締めつけられるように苦しくなった。

そう、いちばん厄介なのは、またしても加藤木に惚れてしまったようだと、認めざるを得ないことだった。

加藤木の指先がネクタイを示す。昨夜、樹がチェストに忍ばせたものを、ちゃんと見つけたらしい。さっそくそれを身に着けてくれたことに、苦しい胸を鼓動が叩く。

なんでまた好きになっちゃったんだろ……。

悔やんでいるのは確かなのに、加藤木の姿を目にするだけで、どうしようもなく心が浮き立っているのも事実だ。

それもしかたのないことかもしれない。忘れていたとしても、好みのタイプまで変わることはないのだろう。

「いや。俺も外で仕事をしてたから」

「ネクタイ、似合ってる」

「そうだろう。優秀なコーディネーターがついてるからな」

加藤木は手にしていた紙袋を樹に渡した。

「なに？」

「ネクタイのお返し」

「それじゃ意味がないんだけど」

いろいろ買ってもらったから、ネクタイはせめてもの礼のつもりだったのだ。

「いいんだよ、俺があげたかったんだから。タヴィアーニのグローブ」

「えっ、マジで？」

言われてみれば、袋には小さくロゴが入っていた。それを開けると、薄紙に包まれた羊革の手袋があった。雑誌で見て、鮮やかなオレンジ色に惹かれたものの、せっかく買うならベーシックな黒か茶色だろうと迷い、けっきょく諦めて買わずにいたものだ。

そういや横から覗いてたっけ。憶えてたのか。

物欲を満たされたといえばそうなのだが、些細なことを気に留めていてくれたのが嬉しい。

「……ありがと」

手袋を身に着けるまでもなくほっこりした気分になった樹だったが、そうではないと我に返った。

商業施設近くのビストロに腰を落ち着け、メニューを開いたところで、樹は呟いた。

「鮨《すし》の気分だったなー……」

加藤木がちらりと目を上げる。

店に入る前ならともかく、着席してからのクレームはマナー違反とわかっているからこその言動だ。

加藤木が樹を受け入れた真意はともかく、そして本気で加藤木を好きだと気づいても、失恋ゲームをやめるつもりはない。

いや、自分の気持ちに気づいてしまったからこそ、樹はさっさとけりをつけたいと考えていた。

……だって、どうせ結果は同じなんだから……。

それならそのときを待つよりも、少しでも早く誘導してしまいたい。なぜならそのほうが、きっと傷は浅いはずだから。

「そうか。あいにく鮨屋は、まだこれという店を発掘してないな。次までにリサーチしておこう。ここは牛頬肉の煮込みが旨いらしい。今夜はけっこう冷えてるし、試してみないか？　この前のテイクアウトのビーフシチューと比べてみよう」

樹が牛肉の煮込み系が好物だということは、すでに知られていた。それもあって、この店を選んだのだろう。

純粋な食の興味と加藤木の気づかいに、思ってもいないわがままはそれ以上出てこなくなった。

しかし、どういうわけか加藤木は機嫌がよさそうだ。ワインを飲む間も、口端が上がっている。

「なに？　にやにやしちゃって、気持ち悪い」

「いや……わがままを言われるのも、いいもんだなって」

……なんだと？

樹は片眉を上げて、向かい側に座ったイケメンをじろりと見る。

俺だったら、連れてった先で他の店がいいなんて言われたら、張っ倒すけどね。意外とM気質だったのか？

「それだけ気を許してるってことだろ。仲が深まったっていうか」

ポジティブシンキング！　さすがアメリカで成功しただけある。

気にして遠慮した自分がばからしくなってくる。きっとこの男は、ちょっとやそっとのダメージでは動じやしないのだ。そもそもそれをダメージと受け取っていないというか。

ということは、もっとずけずけとケチをつけて、嫌な奴になりきらなきゃならないってことだな。

どうでもいい相手ならともかく、進行形で好きな相手に面と向かって嫌な奴を演じるというのは、むずかしくもあり気乗りもしないが、ここが踏ん張りどころだ。そうでなければ、こちらのダメージが大きくなる。

なんなんだよ、もう！　そうやって失恋に持ってってても、絶対気持ちよくなんてなれそうにないのに。

うまい具合に近々で別れることになったとしても、これまでのように失恋の快感に酔いしれるなんてことにはならないと、樹は確信していた。

思うに、振られて快感を味わうという樹の妙な性癖は、もとをただせば加藤木に振られたせいなのではないだろうか。記憶が飛んだのは事故のせいだと思っていたが、事故はきっかけで、これ幸いと樹の無意識が、失恋とその相手の加藤木を、なかったことにしてしまったと考えられないか。

失恋そのものに我知らず強いトラウマを持ち、二度とダメージを受けないように、失恋は心を昂らせる気持ちがいいものと思い込んでしまったのでは――。

……なにもかもこいつのせいじゃん！

幸せそうな顔をしてグラスを空ける加藤木が恨めしくなり、樹は運ばれてきた牛頬肉の煮込みを頬張った。

「あつっ……うっま……」

しっかりと煮込まれた肉は口の中でほろほろと崩れ、濃厚なソースと相まって、舌から胃へと染み渡っていく。

「そうか、よかった。今度は焼き肉にするか？　ステーキのほうがいいかな？　しっかり味付けされたのがよければ、プルコギとか――」

「うるさい！　今はこれに集中する！」

噛みつくように吠《ほ》えた樹に、加藤木は笑みを浮かべて指先で唇の端を拭った。ソースがついていたらしい。その指先を、ぺろりと舐める。

「なっ……」

そんなベタな……ていうか野郎同士ですけど⁉

思わず周囲を見回した樹だが、幸い高い衝立で仕切られた造りなので、他の客はもちろんのことスタッフの目も届かない。

「うん、いい味だ」

「あっそう。じゃあ残りは全部いただくから」

混乱する。嬉しいような、腹立たしいような。

そして、まだ全然嫌われそうにない。

――嫌いになれそうにもない。

「いらっしゃ〜い！　……あら……？」

和風カフェの内装が仕上がり、久しぶりに二丁目の『アンクル』を訪れると、怪訝な顔のままに迎えられた。

「こんばんは。ビールね。なに？」

「なにって、たっちゃん……そうね、なんて言ったらいいのかしら」

ママはカウンターにコースターとグラスを置き、瓶ビールの栓を抜きながら首を傾げる。

「警察に追われてるスリみたいな顔してるわよ。それなのに捕まえてほしがってるような、逃げるのを楽しんでるような」

「なにそれ」

警察に追われているスリを見たことがあるのかと返したくなったが、けっこうな人生経験を積んでいそうなママなので、あっさり「あるわよ」と言われそうでもある。

「それで？　その微妙な顔の原因はなんなのよ？」

水を向けられて、樹は飲み干したビールのグラスを置いた。すかさず二杯目が注がれる。きれいにグラスの縁に届いた泡を見つめながら、樹は口を開いた。

「この前ママに、振られるのに苦労しろって言われたじゃん。まさにその状態」

「ほっほー、ざまあみろ」

そう言いながらも、ママは梅干の小皿を出してくれた。大粒で見るからにふっくらとした梅干はママのお手製で、注文しても出してくれない。ママの気分次第のサービスだった。

「でも嬉しそうにもしてるってことは、あんたもまんざらでもないんでしょ。じゃあもういいじゃない、このままくっついてなさいよ。失恋ごっこはもう卒業、ねっ」

「それがそうもいかないんだよ。そのうち振られるのは間違いないんだ。今は傍目《はため》にはすっごくラブラブに見えるかもしれないけど。なにしろすでに一度振られてるから」

ママは四十五度近くまで首を傾げ、眉間にしわを寄せた。

「ママ、眉間にファンデーションの溝ができてる」

「あんたがそうさせてんじゃないの。……もう失恋は完了したってこと？　意味わかんないんだけど」

幸い店内には、カウンターにふたり連れの客がいるだけで、そちらは熱心に話し込んでふたりだけの世界を作っていた。

「まあ、聞いてよ――」

樹は加藤木の正体と、それを知るに至った記憶の復活について、さらに現在の状況を包み隠さず話した。

あれから樹は加藤木に対して、かなりずけずけとものを言っている。といっても難癖をつけるような言動は性に合わないし、まっとうに言い返されて二の句が継げなくなるのも目に見えていた。

だから文句のテーマは、誰もが認めるだろう加藤木の片付けのできなさや、全面的に樹に信頼を置いているらしい部屋や服装のセンスについてになった。

しかしそれも、つい樹の手が先に出てしまって、片付けてからの注意になり、謝られるよりも感謝されてしまう。

しかも「言ってくれれば、自分でやるのに」って、おまえより俺がやったほうが手際もいいし、きれいになるんだよ！

服のコーディネートを指摘しようものなら、合うものを買いに行こうと誘われ、ついでにと樹のワードローブまで増やそうとする。樹も物欲を断ち切れるほど悟りきっていないので、単純に喜んでしまい、後からなにをやっているのかと悔やむ始末だ。

「あらまあ……なんて至れり尽くせりのいい男」

ママは頬に両手を当ててため息を洩らしたが、樹が恨めしそうな目を向けると、軽く咳払《せきばら》いをした。

「――っと、たっちゃん的には逆効果ってわけね。でも世間的にはそういうのが理想的で、申し分がないって言うのよ。それはわかるでしょ」

樹は梅干を齧って頷いた。旨い。

「んふふふ、それで？　あっちのほうはどうなの？　さぞかしクレームのつけようもないほどいいんでしょ」

カウンターに身を乗り出してきたママは、ファンデーションでは抑えられないほど、期待に顔をテカテカとさせている。

「そこは攻めどころだと思って、真っ先に試してみた」

マンネリすぎて実は満足していない、本当はもっと過激なのが好みだと言ってみたのだ。

『SMっぽいっていうの？　道具とか使ってさ。あ、もちろんそっちがやられるほうね』

実際の樹は縛られるのもごめんなので、万が一にも我が身に危険が及ばないように、保険をかけて発言した。

加藤木は腕組みをして考え込み、これは絶対に効果があったと、樹は内心拳を握ったものだった。まだ若い恋人同士にとって、セックスは切り離せない問題だ。そこに意見の相違が生じれば、関係の存続にも関わってくる。

『わかった。とりあえず道具を揃えてみよう』

ところが加藤木はそんなことを言って、樹をアダルトグッズの店へ引きずって行ったのだった。

なんでそうなる⁉　無理してすることじゃないだろ！　おまえ、無理なことはしない奴じゃなかったのかよ？

つい高校時代の発言を根に持つようなことまで思い、道具を買うならせめて通販にしてくれという樹の訴えもむなしく、アダルトショップの店内でどんなものがいいのか根掘り葉掘り尋ねながら、珍妙かつ恐ろしげなグッズを買い込んだ。

「そ、それで？　やっちゃったの？」

興味津々で先を促すママに、樹はどんよりした目を向けた。

さて、道具も揃って準備万端とベッドルームに行った加藤木は、ベッドに大の字に横たわった。

『まずは好きなようにどうぞ。それからオブジェクションといこう』

現時点で否定的ではあるが、実際に体験して反論したいという、ある意味いかにも企業のトップらしい姿勢である。頭ごなしに否定はしない、という。

しかし樹の困惑はさらに深まった。

……どうしろっていうんだよ……。

革製の手枷《てかせ》を持って、途方に暮れる。ＳＭ云々《うんぬん》は加藤木を引かせるためのはったりに過ぎず、まったく興味がない。それ以前に、道具のほとんどの使い道がわからない。どこに装着するかくらいは想像がつくが、やり方が不明だ。

とりあえず加藤木に全裸になってもらって、両手と両足を拘束したが、その先が続かない。

痛めつけたり、傷つけたりしたら、どうすりゃいいんだよ……これ、とか……。

震える手で拾い上げたステンレスの棒状のものは、Ｕプラグといって尿道に挿入するらしい。

そんなことをしてだいじょうぶなのか。それ以前に入るのか。樹は自分の股間に痛みを覚えた。

いや、ここが踏ん張りどころだろう。加藤木も痛い思いをすれば、きっと樹とのつきあいを考え直すはずだ。

『そんな震えててだいじょうぶなのか？』

『む、武者震いだから！』

半勃ちのペニスを片手で支え、鈴口にUプラグの先を押しつける。

『ローションは!?』

『俺はナシの流儀だから！』

絶対に痛いと思いながら、先端を孔に埋める。加藤木の全身に緊張が走った。なぜかペニスも硬くなって、その分刺しやすくなる。目測で二センチほど埋めたところで、加藤木が呻き声を上げた。

『うわああっ！』

樹はそれ以上に大きな声を上げて、両手を離す。Uプラグは抜け落ちて、シーツの上に落ちた。

『無理無理！　できない！　怖い！　ごめんなさい！』

ベッドに突っ伏した樹に、深いため息が聞こえた。

『わかったから、これ外してくれない？』

樹が慌てて手足の拘束を解くと、加藤木は己のものを手に取って検分した。

『い、痛い？』

『そりゃまあ』

『ごめん！　どうしよう……』

『舐めてくれる？』

そう言われて、樹はすかさず加藤木のものを咥えた。後から考えれば、そこで撥ねつければよかったのだが、加藤木に痛い思いをさせたということで、頭がいっぱいだった。

その後はお返しとかなんとか言われて相互フェラになり、SM好きもマンネリ発言もでまかせだったとばれるくらいによがらされたのだった。

詳細は端折《はしょ》って説明すると、ママは喉を鳴らして笑った。

「あー、よかった。そんなのに目覚めたりしたら、ますますややこしいことになっちゃうものね。でもほんとにいい男じゃないの。ばかなこと言ってもちゃんとつきあってくれるし」

「でも、振られるから……」

振られる前に振らせたい。本来の樹を拒む前に、嫌がられることをして愛想を尽かされたいのだ。それならまだ耐えられそうな気がするから。

「いらっしゃ――あら、舘さん」

ママの声に、樹はドアのほうを見た。タチの舘さんが、樹に気づいて笑顔を見せる。

「やっと会えた。今夜はいい日だ。ママ、マッカランのダブルね」

舘は許可を得ることもなく樹の隣に腰を下ろし、親しげに身を寄せてきた。

「その後どう？　百人切りは達成した？」

「舘さん、人聞きの悪いこと言わないで。切ってないわ。失恋よ」

……どっかで聞いたやり取りだな、って、ママも俺にそう言ったじゃん！

ママが割って入りながらグラスを差し出すと、舘は樹のグラスに当ててから水割りを飲んだ。

「進行中」

「へえ、でもあれから二か月近く経つよな？　まだひとりに関わってるんだ」

「じっくり攻めてるんだよ」

そこにメールの着信音が鳴り、樹はスマホを取り出した。発信者は加藤木で、今夜は来ないのかという問い合わせだった。

樹は残りのビールを飲み干して、ママに精算を頼む。

「はい、毎度ありがとー」

支払いをしている間に電子音がして目を向けると、舘が自分のスマホを手ににやりとしていた。

「いつでも連絡して」

財布を出したときにカウンターに置いた樹のスマホを操作して、自分の電話番号を入力したらしい。なんてマナーの悪い奴だろう。

「舘さん！　やめてよ、人の電話を勝手に――」

「いいよ、ママ。後で消しとくから」

非難するママを止めて、樹は舘を無視して店を出た。

樹が次に担当したのは、麹町《こうじまち》にある個人クリニックだった。打ち合わせに訪れたが、院長の手が空かずに待たされて、終わったときには加藤木との約束の時間になっていた。遅れるのを見越して、待ち合わせ場所を最寄り駅に変更したのだが、それでも間に合わなかったか。

【見当たらない。どこにいる？】

院長室を出たところでスマホを開いた樹は、焦って返信しようとして思いとどまる。

嫌われてかまわないなら、待たせてもいいじゃん。ていうか、迎えに来いよ。こっちは大荷物なんだから。

【一丁目の黒川《くろかわ》クリニック。今終わったから、駅まで五分くらいかな】

受付に挨拶をして病院を出ると、駅方向の曲り角から現れた影がはっとしたように立ち止まるのが見えた。

え……？　加藤木？　マジで迎えに来たのか？

それにしても早い。たぶん地下の改札前にいたはずだが、もうここまで来たのか。

壁紙サンプルの入ったケースが重くて、持ち直している間に、加藤木は樹の前まで駆けつけていた。肩で息をしている。

「よかったー。はいこれ、持って」

反射的にケースを受け取った加藤木は、目を見開いている。

「どこか悪いのか⁉　まさか事故の後遺症？」

「は？　なに言ってんの？」

片眉を上げて訊き返す樹を、加藤木はまだ見回していた。

「病院に行ってたんだろ。もっと早く連絡くれれば――」

あ……、そうか。

通院と間違っているらしいと気づいて、樹は笑った。

「仕事だよ。改装するから、その打ち合わせ」

「……あ……」

ようやく理解したらしく、加藤木は目に見えて脱力して、樹の肩に顔を伏せた。

「ちょっ、人目につくって！」

そう言ったものの、心配して走ってきたのだと思うと、胸が苦しくなってくる。思いやりを示されれば示されるほど、嬉しくて――つらい。

「……よかった」

まだ息の荒い加藤木を押し返しながら、ついでにずしりと重いトートバッグも押しつける。

「なにを勘違いしてるんだか。俺はすこぶる元気だよ。一ポンドステーキいけそう」

加藤木を追い立てるようにして歩きだし、通りがかったタクシーを捕まえて、予定していたステーキレストランへ向かう。

車中でも、隙を見ては加藤木の顔を見つめてしまう。もちろんあからさまにはできないから、そっぽを向いてウィンドウに映った姿を見ていた。

加藤木に対する想いが、日に日に深まっていく。

できるだけ会わないようにしようとしても、誘われれば断るなんてできない。今日だって約束に遅れると思ったら、慌てふためいて連絡を取ってしまった。待たせたら悪いとも思ったけれど、そのまま帰ってしまったらと考えたら、気が気ではなかった。

もともと高校時代に好きでたまらなかった相手だ。同性だという躊躇いも振り切って、告白してしまったくらいに。

だいたい今だって、自分がゲイだとは思ってないし。最近男ばかり相手にしてたのは、女の子より気が楽だからってだけだし。加藤木が加藤木だから好きなんだよ。

そんな相手と再会して、真似事でも恋人同士としてつきあっていれば、ますます惹《ひ》かれていくのは無理もないことだろう。しかも加藤木のエスコートは完璧だ。いや、それも惚れた欲目なのかもしれないが。

もう同情でも贖罪《しょくざい》でも、あるいは単なる気まぐれでもなんでもいい。こうして一緒にいる時間が持てたのだから、少しでも長くつきあいたい――それが樹の本音だ。

しかし同時に、今まででいちばん、いや唯一好きになった相手だからこそ、加藤木が自分の前から消えてしまうことがつらい、怖い。

これまでの失恋なんて目じゃない、この世の終わりのような気持ちを味わうだろうと想像がついて、考えるだけでも震える。よくも今まで失恋を愉しみ、それが快感だなんて思うことができたものだ。

だから少しでも自分を納得させるために、加藤木に嫌われるように振る舞おうとしている。ついでにできれば、覚悟を決めたタイミングで振られて、なるべく傷を浅くしたい。

そう思ってわがままや贅沢を言ってみるのだが、どれもこれも加藤木にうまく躱されてしまう。いや、躱すというのは正しくない。すべて受け止めてくれている。好きな相手にそんな包容力を示されたら、嬉しくてたまらない。

しかも加藤木のほうも嬉しそうに見えるのだ。樹のわがままなリクエストや捻くれた物言いにも、ちゃんと向き合って、それ以上文句がつけられなくなるくらいに対処してくれる。

こんなに甘やかして、可愛がって……どうするつもりなんだよ……。

「……食った肉はどこに行くんだ？」

ほどよく火が通ったミディアムレアのリブロースを、せつない気分で頬張っていると、加藤木がカトラリーを持った手を止めて見つめていた。

集中して食べないと、樹のほうが加藤木に見とれてしまう。肉を嚙む顎の動きから必死に目を剝がして、黙々と口を動かしているのだ。

「悪かったな、燃費が悪くて」

「いや、それなら好きなだけ食ってくれ。無理はするなよ。残ったら面倒見るから」

「あっ！」

しまった。ついいつもの癖で……。こういうときはシャトーブリアンだろ。

そのくらいで加藤木の懐が揺らぐわけもないのはわかっているが、少しでもダメポイントを稼がなくてはならないのに。

「なんだ？」

先にステーキを平らげた加藤木が、ワイングラスを手にした。

「し、シャトーブリアンも追加で！」

「いいけど、食えるのか？　まだ残ってるけど」

「スポンサーがいるときくらい、頼まなきゃ損だろ」

加藤木は肩を竦めながらも、三百グラムのシャトーブリアンと、それに合わせたワインまで注文した。

それまでに飲食した分よりも高くついただろうステーキとワインは、残念ながら樹にはひと口ずつしか味わうことができなかった。しかも満腹だったせいか、舌が庶民のせいか、さして旨いとも思えなかったのが残念だ。

激しく揺さぶられて、気持ちよさに何度も気が遠くなった。

実際に一瞬意識が飛んでいたのか、気づくと加藤木が動きを止めて、樹の頬を軽く叩いていた。

「だいじょうぶか？」

至近距離で顔を覗き込まれて、胸が締めつけられる。獣のようにぎらついた目をしているくせに、心配そうに眉を寄せている。

相手の身体に馴染むと、セックスは信じられないくらいよくなった。少し乱暴なくらいに貪られると、求められているような気がしてますます昂る。

「なにが？　退屈して眠かっただけだし」

見え透いた言葉を返したが、加藤木は薄く笑って動きを再開した。

「あ、あっ……」

「そりゃあ悪かった。いっそう気合入れさせてもらう」

「おっ、男なら常に全力で——あっ、ああっ……」

身体の中で、加藤木の熱が暴れる。快感に爛《ただ》れた内壁を、熱く硬いものが擦り立てていく。全身が鳥肌立って、吹きかかる息にすら身震いする。

「そんなに締めつけるな。これからもっと頑張るのに」

「いいっ……いい、から……っ……」

思わず官能を訴える言葉が出てしまい、慌てて逆の意味になるようにごまかした。

「遠慮するなよ。ていうか、俺がそうしたい」

俺がそうしたい——そういう言い方を何度聞いただろう。

したいからプレゼントする、したいからキスを、セックスをする。本当にそうなのかと問いかけたくなる。

でも訊けない。答えを聞くのが怖い。本心ではないのはわかっている。あるいは、雰囲気に合わせたノリだ。

ずんと奥を突かれ、仰け反った樹の背中を、加藤木が抱き寄せる。尖りきった乳首とぬるぬるのペニスが加藤木の身体に擦れて、樹の口から感じ入った声が洩れた。

「……あ……っも、い……っぱい……」

加藤木の膝に腰を下ろす体勢になり、怒張が根元まで押し入ってくる。

「これが好きだろ?」

埋め尽くされて、加藤木だけを感じられて、間違いなくこの瞬間は、加藤木は自分だけのものだと思う。

「……す、き……」

おまえが好きだよ——。

「俺も」

偶然の合致に、樹は加藤木の首にすがりついた。耳から頰へと這う唇が物足りなくて、樹は首を捻って加藤木にキスをする。ずれた唇を必死に合わせて、待ちきれなくて舌を伸ばして舐め――。

あ……俺からしたの、初めてかも……。

そう思ったのもつかの間、加藤木に強く吸い上げられて、樹は思考を飛ばした。


やばい。これ以上は絶対にヤバい。

仕掛けて加藤木が引導を渡すのを待つつもりでいたが、もう耐えられない。

樹がどんな憎まれ口を叩こうと、物欲にまみれたような要求を突きつけようと、加藤木は理想的な恋人然として受け止める。

それに対して樹のメーターは上昇の一途を辿《たど》り、もはや引き返せないところまで来ていた。もしも今、加藤木に突然別れを告げられたら、数日寝込む自信がある。

しかし加藤木のいないその後を過ごすためには、これ以上精神を脆くするわけにはいかないし、仕事だって休んでいる暇なんてないのだ。

もう待ったなしなんだよ。限界なんだよ。

けれど、なにをどうすればいいのか。加藤木が嫌がるだろうと思うことは、考えつく限り試したつもりだ。

「眩《まぶ》しい！」

「あっ、すいません！　今、照明のチェックを……」

クリニックの診療室で、照明器具の設置に立ち会っていた樹は、我知らず声を出したのに気づいて、慌てて施工業者に両手を振った。

「いや、こっちこそ失礼しました！　うん、明るくていいライトだなあ！」

棒読みに近い称賛をして、逃げるように廊下へ出た。

ほら、これだから……すでに仕事に支障が出てるじゃん。

壁にもたれてため息をつくと、メール着信の音が聞こえた。

【いいワインとチーズを買った。七時には帰宅するから、待ってる】

いや、もう行かないし。

そう返信しようとしたが、メールですら言いくるめられそうな気がして、思いとどまった。

もう、どうすりゃいいんだよ……。

困惑しながらスマホを弄り回していると、憶えのない電話番号とメールアドレスが表示された。

たっちゅー……って……あいつか！

先日、バーで舘に勝手に登録されたのを思い出す。すぐ消そうと思っていたのに、どうでもいい相手なのですっかり忘れていた。

よりによって、なんでたっちゅーなんて登録してんだよ。俺の傷をえぐりやがって、ふざけんな！

返す返すも虫が好かない男だと思いながら、即刻消去しようとして、ふと指が止まった。

浮気ってのはどうだ……？

樹の言動にはきわめて寛容な加藤木だが、他の男にもコナをかけていたと知れば、さすがに愛想を尽かすのではないだろうか。

追い詰められていた樹は、それ以上考える間もなく、舘にメールを送った。

【お久しぶり。会いたくて我慢できなくて。今夜会えない？　場所と時間は――】

送信すると、一分待たずに返信があった。

【マジで？　嬉しいな。先に着いて待ってるよ。明日の朝までってことでいいんだよね？】

怖気立つ文面は削除し、樹はスマホを握りしめた。

さあ……もう戻れない。

計画としては、加藤木が帰宅する間にマンションへ行って、スマホを置いてくる。触れたら送信メールが見えるようにしておけば、加藤木も樹の行動を知るだろう。

舘との待ち合わせ場所には、実際に出向くつもりだ。加藤木が来る可能性は低いが、来れば浮気現場を押さえる形になって、より決定的なものになる。

仕事を終えた樹はグローリータワーへ向かい、リビングのソファにスマホを置いた。そして室内を見回す。

初めてコーディネートを担当した部屋は、張り切って取り組んだだけあって、見た目だけでなく居心地もよかった。

いや……あいつと一緒だったからかな……。

いくつかインテリアや家具も増えたけれど、加藤木は必ず樹に相談を持ちかけてから購入していた。統一感を損なわないまま、暮らしに合わせて変化している。

しかしもう、今後の変化を見ることはないだろう。これが見納めだ。

最後に書斎のパンダイルカの絵を見た。迷った末にそのままにして、樹は思い切るように踵を返し、加藤木の部屋を出た。

舘との待ち合わせ場所に指定したのは、新宿《しんじゅく》二丁目にあるバーだった。『アンクル』には、忠告してくれたママの手前、さすがに行けない。

かといって一般的な場所で、男同士で妙な雰囲気を漂わせるのも気が引けた。それもまったく本意ではない舘を相手に。

それに加藤木が乗り込んできた場合を考えると、男だらけの痴情《ちじょう》のもつれを見慣れている二丁目が安心だ。

約束の時間にはまだ早かったが、店のドアを開けると奥のテーブル席に舘がいた。樹に気づいて、にやりとしながら片手を小さく振る。

うわあ、こいつこんなにキモかったっけ。

最近は待ち合わせの相手といえば加藤木ばかりだったので、そうとう目が肥えてしまったようだ。映画だのドラマだの写真集で俳優やモデルを見すぎて、急に一般人を見るとがっかりしてしまうような。

舘も客観的に見れば、そこそこイケている容姿のはずだ。いかんせんにじみ出る雰囲気というか下心というか、そんなものが鼻について気に食わない。

「早かったね」

樹が向かい側に腰を下ろすと、舘はテーブルに両手を伸ばしてきた。手を握るつもりだろうかと察したが、気づかないふりを通す。

「先に来てるって言っただろ？　あんなメール貰ったら、駆けつけないわけにはいかないって。開店と同時に入っちゃったよ」

……きも。

「それにしても、まさか連絡くれるとは思わなかった。百回目の失恋は完了したの？」

いきなりそこを突くか？　だいたいあんたには関係ないし！

こめかみが引きつりそうになったが、今はこいつとけんかをしている場合ではない。加藤木の登場に備えて、せいぜいいいちゃついているふりをしなければ。そのためにも多少は愛想よく振る舞うべきかと、樹は笑顔を作った。

「それがうまくいかなくて、なんかもう疲れちゃって。憂さ晴らしにぱーっと楽しくなりたいと思って、そうしたら舘さんの顔が浮かんでさ」

「そりゃあ光栄だな。うん、任せて。心も身体も愉しませる自信があるから」

舘は鼻息荒く水割りのグラスを呷《あお》った。

やっぱりこの男ではピンとこない。むしろぞっとする。

これまでの失恋相手と比較しても、決して劣っているわけではないのだ。しかし失恋ゲームの相手として考えても、願い下げだと思ってしまう。そもそもその失恋ゲーム自体を、今後する気になれそうにない。

それもこれも、みんなあいつのせいだ……。

運ばれてきたグラスを舘と乾杯して、やけ気味に呷る。

「食事はまだだろ？　なにが食べたい？　俺はたっちゃん、なんちゃって。あ、そういや俺もあのＳＮＳの人気にあやかって、たっちゅーで通してるんだ。名前も似てて運命を感じるよな」

あんたはタチの舘さんだろうが！　それからたっちゃんなんて呼ぶな！

「それで、なにがいい？　エジプト料理とか食べたことある？　あとはブータン料理とか、肉ならトルコ料理とか。ケバブ旨いよ」

肉にはつられそうになったが、想像もつかない国の料理を持ち出されても、まったく食指《しょくし》が動かない。珍しければいいと思っているのか。

とにかく舘の言葉にすべて内心で言い返しながら、表面上は笑顔をキープして頷いてみせる。相槌《あいづち》を打つ気にもなれないので、酒にばかり口をつけ、おかげでウィスキーのグラスが進んでしまった。

もう八時、か……。

加藤木はとうに帰宅して、たぶんスマホに気づいたはずだ。追いかけてくるとすれば、そろそろ来てもいいころだが。

「そんなに時計ばかり見て。焦らなくてもちゃんと相手するよ。まずは腹ごしらえだろ。そうだな、じゃあケバブにするか。がっつりスタミナつけないと」

「ま、待って！　まだそんなに腹減ってないし。そう、もう少しここで話したいなー、なんて」

移動してしまったら、加藤木に見つけてもらえなくなる。決定的瞬間を見てもらえなければ、計画の意味がない。

「話は食事しながらでもできるだろ」

舘が不満げに眉を寄せる。それくらいで不機嫌になることはないじゃないかと思ったが、これも加藤木の鷹揚《おうよう》さに慣れてしまったせいだろうか。

「じゃあ、あと一杯だけ！　ねっ？」

とにかく場所を移るわけにはいかないので、樹は媚《こび》を込めて舘の手を握った。その感触にも違和感を覚える。頭ではわかっているのに、相手が加藤木ではないことに、樹の本能がこんなにも引っかかっている。

「しょうがないなあ、一杯だけだぞ」

にやけた舘は、樹の額を指で突いた。

できるだけ時間をかけてグラスを干したが、加藤木は現れない。

来ない……のか？

これ見よがしにテーブルを指で叩く舘のアクションも、まったく気にならない。そんなことより加藤木だ。

来るものとばかり思っていたけれど、加藤木の執着がさほどのものでなかったら、追いかけてくるまでのことはしないのだろうか。自分だったら絶対に気になって飛び出していくが、しょせん加藤木にとって樹は「無理」な相手なのだ。そう言われて、十年前に振られている。

今のつきあいだって、理由はわからないけれど、少なくとも加藤木にとって恋愛ではない。いずれ樹から離れていくのは確実だ。

そのときが、スマホを見たことでやってきたとしても不思議はない。樹の行動に呆れて、追いかけるまでもなく関係を断つことにしたのかもしれない。

そもそも、そのために仕組んだんじゃないか……。

加藤木が来ないなら、思惑どおりにいったということで、ほっとするべきところだった。それなのに、どうしてこんなに心が沈むのだろう。

二股は芝居に過ぎないのだから、それが原因で振られたところで、どうだというのだろう。本当の樹自身が振られたわけではない。それが怖いから、立ち直れそうにないから、嫌われそうな自分を演じてきた。

……加藤木が、来ない……。

どうしてこんなにショックを受けるのか。

あと十分、いや五分待ってみようか。でもそれでやはり加藤木が現れなかったら、自分はどうなってしまうのか。

樹はふいに席を立った。

「お、じゃあ行こうか」

続いて立ち上がろうとした舘に、樹はぎこちなく首を振る。

「……俺、帰る……」

「はあっ？　なに言ってんの、たっちゃん。あ、ちょっと——」

樹は一万円札をテーブルに置くと、脇目も振らずにドアに向かった。舘が呼び止めながらも会計に手間取っているうちに、店を出て歩きだす。

……全然面白くない。失恋なんて、つらい以外の何物でもないじゃないか。

クリスマスまであとわずか。二丁目界隈も賑やかに装飾がなされた店が並んでいて、行き交う人も笑顔ばかりで、それがまた腹立たしいやら悲しいやら。

もう戻れないのだ。加藤木の部屋へ行くこともできないし、もちろん顔を見ることもできない。

電話やメールはまだ繋がるかもしれないけれど、繋がらなかったらと考えると、怖くて連絡することなんてできない。だいたいなにを伝えるのか。

目頭が熱くなってきて、樹は慌てて通りを離れ、細い路地に踏み込んだ。

「捕まえた」

背中から抱きしめられ、それが舘だとわかってぎょっとする。

「どうしたんだよ？　照れてんの？」

「ちょっ……違う！　放せよ」

樹は身体を揺すって逃れようとしたが、縦横ともに上回る舘を振り解けない。

「そっちが誘ってきたんだろ？　今さらやめるなんて、聞けないんだけど」

「ごめん！　でも、やめにしてほしい」

「ふざけんな。甘くしてりゃ、いい気になりやがって。なにさまのつもり――」

「なにをしてる」

えっ……？

いまだ舘に張りつかれている樹には見えないが、今の声は間違いなく加藤木のものだった。必死に振り返ろうとした瞬間、舘の拘束が外れ、樹はよろめきながら身を翻《ひるがえ》した。

……あ……――。

加藤木だった。舘の肩を摑み、切れ長の目を鋭く光らせて睨み据えている。

「なんだよ、おまえ！　じゃますんな！　関係ないだろ！」

舘は反射的に肩を振って言い返したが、加藤木の迫力に呑まれたように数歩後ずさった。

「嫌がってるだろ。合意がなけりゃ、そっちのしてることは暴力だ」

離れた分、加藤木は間合いを詰める。

「暴力だと？　冗談じゃない。だいたいこいつが――」

「警察行くか？　それとも俺がわからせてやろうか」

加藤木が腕を摑むと、舘ははっとしたように加藤木の手と顔を見比べた。

「わ……わかったよ。だから放せ」

あっさりと手が離れると、舘は飛び退り、勢い余って樹にぶつかった。振り返って樹を憎々しげに睨む。

「美人局《つつもたせ》かよ。淫売《いんばい》のくせに」

「おい！」

すかさず加藤木の声が飛び、舘は路地を飛び出していった。

……来てくれた……。

まさにすんでのところで現れた加藤木に意識を奪われ、舘の口汚い罵りも逃げるように立ち去ったことも、樹はまったく気に留めていなかった。

「けがはないか？」

尋ねる声に、樹はぎこちなく首を振る。加藤木にまた会えたことで、頭がいっぱいだった。こんなにも恋しく想っているのだと、今さらながら身に沁みる。

見慣れてしまった、いや、目に焼きついていると思っていたのに、やはり目にすると見とれてしまう。

今夜の加藤木は、いつぞやはスーツと合わせていた正統派のチェスターコートを、セーターとデニムの上に羽織り、足元はスニーカーだった。

「……スニーカーは外しすぎじゃないの」

最初に出たのは、そんなどうでもいい言葉だったが、

「慌てて飛び出したからだ。今日は革靴を合わせてた」

加藤木もまた律儀に返してきた。

慌ててたって……ここに来るのに？

それほど必死に追いかけてきてくれたのかと、樹は胸が熱くなるのを感じた。まるで窮地に登場するヒーローのようだと思っていた樹に、加藤木はスマホを差し出す。

「詳しく聞かせてもらう。とりあえず戻ろう」

……あ……。

反射的にスマホを受け取りながら、再会の喜びに沸《わ》いていた樹の胸は急速に冷えていく。そうだ。なにを錯覚していたのだろう。加藤木がやってきたのは、樹を窮地から救うためではない。自分がそう仕組んだのではないかと、スマホを握りしめる。

革靴を履く手間も惜しむくらいに急ぎ駆けつけたということなら、加藤木の憤りがそれだけ大きいのだろう。

これから事情を問い質され、関係を断たれる。強い言葉も出るかもしれない。舘の罵りはまったく樹の胸に響かなかったどころか、なにを言われたのかも憶えていないが、加藤木に罵倒されたら聞いていられるだろうか。

結果的に計画どおりに事が運んでいるのに、樹は震えていた。


大通りで捕まえたタクシーに乗せられ、グローリータワーへ逆戻りした。

車中で樹は俯いたままひと言も発することができず、加藤木も無言で、週末の夜とはいえ新宿品川《しながわ》間がこんなに時間がかかるのかと、いたたまれなさに思ったほどだ。

直行のエレベーターに乗り込んでも同様で、最上階のエレベーターホールから玄関ドアまでの道のりも、果てしなく長く感じた。

後から考えれば、加藤木を振り切って逃げるチャンスはいくらでもあったのに、その気力もなく、思いつきさえしなかった。

リビングに入ると、真っ先に目についたのは、ひっくり返ったオットマンだった。樹の視線に気づいたのか、加藤木がそれを元に戻す。

「急いでたから、蹴っ飛ばしてそのままだったんだよ」

偶然か故意かはわからないが、そのくらい加藤木の感情が昂っていたということで、樹はさらに縮み上がった。

「座って」

命じられるままにソファに腰を下ろすが、加藤木は向かい側に立ったままで、コートだけ脱ぎ捨てた。

「説明してもらおうか。スマホを置いてったのは、わざとだろ？　メールもすぐ見られるように操作して。どういうつもり？」

振られる前に、自分から欠点を作り出して嫌われてしまおう——そう考えて行動に移し、今まさにその状況だというのに、達成感も安堵もまったくない。むしろつらくてたまらない。

「……振られるのを待ってられなかった……」

どうにか言葉を紡ぎ出して目を上げると、加藤木は眉をひそめた。

「ああ、失恋マニアってやつか」

「……！　どうしてそれを？」

加藤木にそんな話はひと言もしていない。

「『アンクル』のママに聞いた。待ち合わせのバーが見つからなくて、電話したんだ。俺に見せるつもりでスマホを置いてったんだから、どう使われても文句はないよな」

たしかに『アンクル』の番号は登録してある。加藤木との会話で、店の名前とママの風貌について触れたことも、一度くらいあったかもしれない。

「二丁目の『オトコネ』なんて書かれてもわかるか。検索にも引っかかりゃしない」

それでも勝手に電話帳まで見たことを気にしているのか、加藤木は言いわけのように言葉を続けた。

たしかにそれは樹の落ち度だった。一般人は二丁目の地理など把握していない。おまけにメールには待ち合わせのバーは『オトコネ』と書いたが、それは通称で、正しい店名は『ディック』という。スラングを和訳し、さらに訓読みするというややこしい通称がまかり通っているのを、樹はすっかり失念していた。

「俺に振られたいわけ？」

樹はとっさにかぶりを振った。もう失恋の流れは始まっていて、しかも自分が起こした行動だというのに。

だって……俺は、加藤木が……。

だからこそ、本当の失恋には耐えられそうになくて、こうして離れようとしていたのではなかったか。それなのに――別れたくない。

「……最初は……そのつもりで近づいて、告白もした。けど……無理。高校のときもすごくつらくて……それで逃げ出して、事故に遭って……」

あんな思いをまた味わうなんて、つらすぎる。

「思い出したのか⁉」

加藤木に肩を摑まれ、樹は揺さぶられながら頷いた。

「思い出したよ。あの絵……俺が描いたやつだろ。あれを渡して、おまえに告白した……」

それを聞いた加藤木は深く息をついて、脱力するように樹の隣に腰を下ろした。

加藤木の温もりが、触れ合った部分から伝わってくる。こうして並んでソファに座って、それを感じることが昨日まで当たり前だったのに、もうこれで終わりなのだ。

あと何回あったかどうかわからないけれど、せめて最後まで味わうべきだったと、心が加藤木のすべてを惜しがる。自分から期限を前倒しするなんて、なんてばかなことをしてしまったのだろう。

こんなに好きになる前に、昔を思い出す前に、さっさと振られてしまえばよかったのだ。せめて樹が二度目の告白したときに、断ってくれていたら――。

「……おまえこそ、なんのつもりだったんだよ？　最初から俺のことわかってたんだろ？　それなのにエッチに誘っても乗ってくるし、告白してもOKって……ていうか、そっちから近づいてきたんじゃないか。仕事のことも……」

「副島先輩から聞いたか」

「慎ちゃんは俺に隠し事なんかしないからね」

「仲いいんだな」

拗《す》ねたような口ぶりに思えたが、それは自分のアプローチルートがばれてしまったからだろうか。そもそも腹を立てる筋合いのことか。

「なんで今さら、わざわざ俺のこと探して近づいてきたんだよ？　同情か？　今でも自分のことを想って、泣き暮らしてるだろうって？　それとも事故ったって知って、後味が悪かった？　せめて今からでもちょっといい思いさせてやれば、自分も気が楽になるって？」

もう結果は変えようがないのだから、少しぐらい言いたいことを言ってもいいだろう。樹にもいけないところがあったかもしれないけれど、もとはといえば、今さら加藤木が姿を現したからだ。

「なんで……来たんだよ……」

耐えきれずに顔を覆おうとした手を、加藤木に摑まれた。

「ほんとにちゃんと思い出したのか？」

なにを言っているのだろうこの男は、と樹は潤んだ目で加藤木を睨んだ。ふだんからいい男だが、今は表情が引き締まっていて、イケメン度が割り増している。できることなら、このままずっと見つめていたいくらいだ。

「思い出したよ！　無理だって言って振っただろ」

もしかしたら、加藤木の狙いは樹の記憶を取り戻させることだったのだろうか。だからこんなに問い質してくるのか。

しかし樹を振った記憶が樹本人から抜け落ちていようと、加藤木の人生になんの影響も及ぼさない。

「なんなんだよ。忘れてたとしても、問題があるか？　まさか自分のプライドが許さないなんて、言うつもりじゃないだろうな？」

それはそれで加藤木の性格が捻じれているということになるが、樹の告白がよほど気に入らなくて、十年経った今でも探し出して一矢報《いっしむく》いたかったとか。それが、樹がすっかり忘れていたものだから、むきになって思い出させようとした、とか？

とにかく再会後の加藤木の行動の真意が不明で、いっそそのくらいしか理由のつけようがないのではないかと思えてきた。

しかし加藤木はしつこく尋ねてくる。

「一言一句思い出したか？」

じっと見据えられて、樹は憤りを引っ込める代わりに戸惑った。

「そ、それがどうしたんだよ？　つきあうのは無理だって――」

「『そっちが期待してるようなのは無理だ』……そう言った」

加藤木の言葉に、樹は眉を寄せた。

「……だからなんなんだよ？　そういうことだろ？　つきあいたいって告った俺に、その期待には添えない、無理だ、って返したってことだろうが」

苛立ってきて声を上げた樹に、加藤木は大仰なほどのため息を洩らした。膝に両肘をつき、その間に頭を埋めるような動きまでつけて。

「な、なんだよ……」

困惑して呟くと、加藤木は項垂《うなだ》れた姿勢のまま、樹の手を握った。

「俺、あの次の日に、アメリカへ行くことになってた……」

「……だからなに？」

翌日だったというのは、初めて知った。ぎりぎりのタイミングで告白したらしい。一日ずれていれば不発で、樹が事故に遭って記憶を飛ばすこともなかったし、こんな展開になることもなかっただろうに、つくづく運が悪い。

そんなことを考えていると、加藤木が身を起こした。

「だから！　翌日にはいなくなるのに、つきあったりできないだろって話。どうせおまえのことだから、登下校を一緒にとか、帰りにファストフードとかカラオケとか、そんなのを考えてたんだろ」

加藤木の勢いに呑まれて、樹は頷いた。

「そりゃあ……まあ……」

「そういうの叶えられないから、無理だって言ったんだよ。言っとくけど、嫌だなんて気持ちはこれっぽっちもなかったからな。できればそうしたかったよ。けど、あのときは俺も十六のガキで、親について行くしかなかった」

……え？　え……？　ちょっと待って――。

なんだか今、予想もしなかった言葉を聞いた気がする。嫌じゃなかった、とか。それは告白のことだろうか。できればそうしたかったというのも、樹の告白を受け入れてつきあいたかったということなのか？　一緒に登下校して、帰りはファストフードやカラオケに寄り道して？

樹はまじまじと加藤木を見つめた。

俺を振ったんじゃなかった……ってこと……？　アメリカに行くことになってたから、他の高校生みたいにつきあうのは、物理的に無理だって答えただけ……？

「だいたいなんであのタイミングなんだよ。俺にだってプランってもんがあるだろ」

ふいに恨めしげな顔で訊き返されて、樹は目を瞬く。

「プ、プラン……？」

樹だって自分なりに考えて告白したのだが。まあ、絵が仕上がった興奮で、同時にこれを加藤木に貰ってほしいと思い立ち、勢いのままに行動したといえなくもない。

「俺は大学出て仕事を始めたら――自立したら、日本に戻っておまえとつきあうって決めてたのに、先手を打たれた」

「……えええっ⁉」

疑いようのない言葉に、樹は今度こそ驚きの声を上げた。

「なんで驚くんだよ」

「だ、だって……なんで俺？　クラスも違ったし、そんなに親しくなかっただろ。ていうか、ほとんど喋ったこともなくて……」

「それをおまえが言うか」

すかさず突っ込まれて、樹は口ごもる。たしかに、そんな関わりでありながら、告白したのは樹だ。

「まあ実際、そうなんだけどさ。でも俺は、おまえのこと気になって見てたよ。おまえは知らないだろうけど、休み時間に廊下を歩いてるとことか、体育でへったくそなテニスしてるとことか、美術室で絵を描いてるとことか――」

無遠慮に樹の頭を撫でたりするクラスメイトが気に食わなかったとか、そんなことされてへらへら笑うなとか、球技のセンスはないとか詳しいコメントが追加されて、樹はそんなところまで見られていたのかとぎょっとしながらも、胸が騒ぐのを止められなかった。

同じだ。樹が加藤木の姿を目で追っていたように、加藤木もまた樹を見ていたのだ。友だちと言えるどころか、言葉を交わしたこともほとんどなかったけれど、樹が加藤木を見るたびに想いを深めていったように、加藤木も――。

「絵を描いてるおまえは……見飽きなかった。知ってるか？　描きながら笑ったり、悔しそうな顔したり、ぶつぶつ独り言を言ったり。あの絵が出来上がっていくのも、ずっと見てた。それをまさかプレゼントされて告白されるなんて……感激しないわけがないだろ」

「……でも、不満そうな顔してたよ」

樹が返すと、加藤木は気まずそうに口元を歪《ゆが》めた。

「そりゃ――びっくりして、嬉しすぎて……それなのに、アメリカに行かなきゃならなくて、複雑だったんだよ。……ほんとは泣きそうだったんだよ、悪いか！」

泣きそう……？　加藤木が？

「俺だって、当時はいたいけな十六歳だぞ。好きな相手に告白されたのに、翌日には離れ離れなんて、運命を嘆きもするだろ」

「可愛い……」

ついそんな言葉が樹の口からこぼれ、加藤木は微妙な表情の後で苦笑した。手荒に樹の肩に手を回して、きつく引き寄せる。

「ちょっ……」

「もういいだろ。晴れて誤解が解けたんだから」

抱きしめられるのなんて、この二か月で数えきれないほどあったのに、今は妙に気恥ずかしくて、どきどきする。恋人同士のふりではなく、互いを本当に好きだとわかったからだろうか。もう、気持ちを隠す必要もなくなったから。

「おまえに告白されて、とにかく一日も早く自立して、自分のやりたいようにしたいと思うようになった。悠長に大学を卒業して、就職してなんてやってられなくて、学生時代にＳＮＳを立ち上げたんだ」

「ああ、『タッチュー』ね」

加藤木は自慢げな顔で樹を見つめた。

「touch《タッチ》 you《ユー》と樹をもじったんだ」

「えっ……」

……それはちょっと……やっぱりセンスはイマイチなんじゃ……人の球技センスをどうこう言えないだろ。

しかし口に出すのは憚られて、ぎこちなく笑って頷いておく。

「まさかここまで大きくなるとは思ってなかったけど、これもおまえに会いたいって気持ちの強さだな」

「べつに会いに来てくれればよかったのに。ていうか、そのほうがもっと早く解決してたような気がする」

「何度も帰国はしてる。そのたびに、おまえのことは見てた。遠目からだけど」

さすがに我慢できず言い返してしまった。

「マジで？　それってどうなの……」

ビッグになるまで告白を待つということには共感しなくもないが、わざわざ帰国しておきながらこっそり覗いているのを想像すると、正直キモい。

「絶対の基盤を作り上げてから、って決めてたんだよ。もうなにかの都合で離れるようなことはないように」

それって……俺のため……？

ちょっと感覚がずれているところはあるけれど、樹を迎えて二度と離さないという意思からの行動だと思うと、やはり嬉しくなってくる。

「へへ……」

樹が肩に頭をもたせかけると、大きな手が髪を撫でる。

「で、満を持して再会したら、憶えてないんだもんな……」

大きなため息に、樹は慌てて顔を上げようとしたが、加藤木の手に頭を押さえつけられたまま動けない。

「それは……っ、ごめん……でも、不可抗力……ていうか、それまで知らなかったんだ？」

「翌日に渡米したからな、事故のことも知らなかった。副島先輩に連絡したときも、そんな話出なかったし」

「慎ちゃんにとってもトラウマだから」

ちらりと樹を見下ろした加藤木は、口をへの字に曲げた。

「先輩とも仲いいよな、おまえ。可愛がられるタイプだから、気が気じゃなかった」

「なんにもないよ、慎ちゃんとは！　それはまあ……まったくきれいな身の上とは言わないけど……」

「わかってる。この歳になれば、いろいろ経験積んでないほうがおかしいだろ。そのへんは覚悟の上でいたから」

加藤木は樹の肩から手を外すと、指を絡めてきた。

「忘れたなら、改めて関係を作っていけばいい。けど、今度こそちゃんとそばにいて、ずっとつきあってく。おまえ、二度目の告白のときに言ったよな？　一生つきあうって。俺はそのつもりで日本に戻ってきた」

そんなふうに想ってくれていたのかと知って、樹は胸が苦しくなった。嬉しいのと申しわけないのと——加藤木が愛しくてたまらないのと。

樹が加藤木との思い出も、彼自身のことまで忘れていた間も、加藤木は樹と再会することを目指していてくれたのだ。彼の生き方そのものが樹のためで、人生の目標が樹だと言われたようで——。

「……振られないんだ……」

樹は加藤木の手を頬に押し当てた。

「俺、おまえに振られないんだな」

心から安堵して呟く。

「どうしてもっていうなら、おまえの告白はなかったことにしてもいいぞ」

「えっ……？」

加藤木は指を解いて樹の頬を包むと、顔を近づけてきた。

「その代わり、俺が告白する。隙をついて二度も告りやがって……俺のプランでは、俺から告白することになってたんだよ」

「……な、に……」

なにをこだわっているのかと言いそうになり、しかし胸がときめいてそれ以上声が出ず、樹は加藤木の声を聞いた。

「俺とつきあえ。一生だ。断るのは許さない」


「……いつの間に……」

夢中でキスをしていたはずだ。ソファの上にいたはずなのに、いつの間にか場所を移動して服を脱がされ、気づけば湯船に浸かっていた。

「飲んだんだろ？　調子悪くないか？」

そして背中には加藤木が張りついていて――いや、こういう場合は、加藤木に抱きかかえられているというのだろうか。いわゆる恋人座り風呂バージョン。

「酔うどころじゃなかったよ――って、いたずらすんな」

胸を弄ぶ加藤木の手を引き剝がそうとするが、先端をつままれて気持ちよさげな声が洩れてしまう。

「いたずらじゃない。愛撫」

「愛撫って……会話で使う人初めて見た」

「これで心置きなく独り占めできる」

「人聞きの悪い。おまえと再会してから、誰とも接触してないし」

「だろうな。ここが俺の形にフィットしてきた」

するりと背後に滑った指に後孔を撫でられ、樹は声を上げて逃げようとした。しかし加藤木に摑まって、それまでよりも密着させられる。先ほどからたびたび尾《び》てい骨《こつ》の上に接触していたものが、今やぐりぐりと擦りつけられている。

「フィットって……おまえがでかいからそう思うんだろ。たとえばMサイズのTシャツをL体型の奴が着たとして、最初はピチピチでも、そのうちそれなりに馴染むもんなの。でも逆はないだ

ろ。S体型の奴には、いつまで経ってもMサイズのTシャツは緩い――そういうこと

できるだけ平静を装って答えたが、恥ずかしいことを言わないでほしい。

「俺のせいでおまえが伸びたって？　そうかなー、最初はやっぱりきついし、そのうち柔らかく包み込まれるような感じで、さらにきゅうきゅう締めつけてくるけど――」

「だから！　そういう感想はいらないから！　他の話しない？　アメリカの話とか、聞いてやってもいいけど」

樹は話題を逸《そ》らそうと必死に誘導するが、加藤木は首を捻って今ひとつ乗ってこない。

「べつに……勉強して、将来のために目ぼしい相手を探して……」

「相手？」

思わず振り返ると、顔に湯をかけられた。

「誤解すんな。おまえの思い込みの激しさはスペシャル級だからな。SNSを立ち上げるって決めた時点で、力になりそうな人材を見繕ってたんだよ。伝手《つて》を辿って、他大学の奴を勧誘したり、出資人にアタックしたり」

「へえ、さすがアメリカの大学生。そういや、どこ行ってたの？　住んでた場所も知らないや」

「そうだろうな。存在自体を消されてたくらいだから。大学まではニューヨークにいた」

加藤木は軽く嫌味を返してから、ニューヨークにある私立大学の名を挙げた。ノーベル賞受賞者をごろごろ輩出する超名門だ。

そ、そんなに頭よかったんだっけ……そういや、テスト順位の張り出しに載ってたような気もする。

アメリカの大学は入るより出るほうがむずかしいとよく聞くが、それにしても入学できるのは並大抵ではない。

「すげえじゃん。差を感じるなー」

「おまえが告白してきたからだよ」

加藤木は両腕で樹を抱きしめた。

「おまえを待たせてると思ったらなんでもできたし、一日も早く一人前になって、迎えに行きたかった。俺の原動力はおまえだ」

加藤木が恋人という存在にここまで甘く、恋に情熱的な男だと初めて知った。高校時代に告白こそしたものの、まともに話したこともないくらいで、好きになったらたいてい知っているような情報をなにも知らない。誕生日も家族構成も、好きなものも。

恋に落ちるには必ずしもそんなデータが必要ではなく、ただ見つめるだけで想いを深めていくこともあって、自分たちはそうだったのだろうけれど――。

「……あっ……！」

思わず顔を上げた樹は後頭部で加藤木の顔面を叩いたらしく、背後から呻きが聞こえた。

「おまえ、急に……」

「パクチー！　見たのか⁉」

再会した日、ベトナム料理を食べながら、加藤木にパクチーを器に盛られた。好きそうに見えたなんて言っていたけれど、あんな好みが分かれる食材を勝手に他人の皿に移すわけがない。嫌いだったら嫌がらせだ。

加藤木はたびたび帰国して、こっそり樹の動向を窺っていたようだし、そんなシーンに出くわしたと考えたほうが納得がいく。しかし――。

「見た。ひとりでフォー食べながら、パクチーの皿を追加注文してた。追いパクチー？」

……ひとりメシだったか……。

ほっとしたものの、加藤木が見たのはそれだけではないだろう。

どうしよう……一応言っといたほうがいいのかな……でも、聞いて面白い話じゃないだろうし……。

迷ううちに、加藤木は湯船から立ち上がった。樹を抱えたままで。

「のぼせる前に出よう」

タイミングを外すと、なかなか言いだせないものだ。内容が内容だけに。言ってみれば告解《こっかい》というか、懺悔《ざんげ》というか。

バスローブをまとった樹は先にベッドルームへ向かわされ、ベッドの上で膝を抱えた。

言わないって選択肢もアリか……？　すっきりしない気もするけど、言ってすっきりするのは俺だけだろうし……ていうか、気まずくなる可能性も……。

ふいに呼び出し音が鳴り響き、樹は慌ててスマホを摑んだ。舘からだ。樹はつかの間逡巡《しゅんじゅん》したが、意を決して電話に出た。

「もしも――」

『ふざけんなよ。どういうことだよ？』

のっけからけんか腰の舘に、樹は落ち着いて答えた。

「自分から誘っておいて、ごめん。でも、舘さんとはやっぱりだめなんだ」

『あの野郎に鞍替《くらが》えか。評判どおりの尻軽だな。失恋マニアとかなんとか言っても、けっきょく男をとっかえひっかえしてるだけじゃねえか』

樹なりに理由があってのことだったが、行動そのものはたしかにそのとおりで、言いわけのしようもない。

「……とにかく、舘さんとはもう会わないから」

そう言って通話を切った。息をついてスマホをサイドテーブルに置くと、ドア口に加藤木が立っていた。

聞かれてた……？

なにも言えずにいると、加藤木はトレイをベッドに置いた。ワイングラスと、数種類のチーズと生ハムとスモークサーモンを盛りつけた皿、スライスしたバゲットが載っている。

「余るようなら、あとでリゾットにしよう。それくらいはできる」

樹にグラスを持たせて、赤ワインをなみなみと注いだ。自分もグラスを手にして、掲げようとする。

「ちょ、ちょっと待って！」

樹は加藤木を止め、グラスをトレイに置いた。ベッドの上で居住まいを正す。

「その前に……言っておきたいことがあって。あの……これまでの俺の行動なんだけど、『アンクル』のママからも聞いたかもしれないけど……」

「ああ、失恋マニア？」

なにげない加藤木の声音に、樹はびくりとしてから深々と頭を下げた。

「ごめん！　おまえはこの十年、俺のことを想って一生懸命やってきたのに、それに引き換え俺は……振られるのを目当てに、告白したりつきあったりした。おまえのことも最初はそのつもりで……百人目だった」

加藤木の喉が妙な音を洩らした。やはり呆れたのだろう。

「……それはまた……大記録だな。っていうのを置いといて、うんまあ、おまえが他の奴と一緒にいるところも目にしてるし、さっきも言ったけど、真っ新じゃないのなんて今さら承知の上だし」

「もうしない！　ていうか、する気にもなれない。だからこれからの俺を……信じてほしい」

必死に訴えてそっと顔を上げると、加藤木が口端を上げていた。

「大事にしてくれる？　一生」

「も、もちろん！」

加藤木にもう一度グラスを持たされ、改めて乾杯した。濃厚な香りを裏切らない芳醇《ほうじゅん》な味わいのワインが、喉から胃へと染みていく。

「さっきの電話を聞いただけで、俺的には満足だったけどな」

「やっぱ聞いてたか……うん、でもあれは、ほんとに計画の単なる道具だったから」

「あれ、で道具、ね。で、計画が無効になった今は、不要物と」

「加藤木のほうがひどいじゃないか」

「調子に乗って、人のもんに手を出そうとするからだ。同情の余地はない」

やはりどこまでも加藤木は樹の味方らしい。こんなに甘やかされては、樹のほうが調子に乗ってしまう。

「……というわけで、これまでの素行についてはほんとにごめん。当たり前だけど、これからは加藤木ひと筋でいくし、できればおまえを甘えさせられるような懐の大きな男になりたいと、そう思う次第」

「所信表明演説だな」

パチパチと手を叩いた加藤木は、樹に向かって顔を突き出し、口を開けた。

「な、なに？」

「さっそく甘やかしてもらおうと思って。サーモンとポンレヴェックがいいな」

「ぽん……？　どれ⁉」

加藤木が食べさせろと言っているのはわかったけれど、なんだか照れる。以前、加藤木のほうから食べさせてもらったことはあったが、よく臆面もなくできるものだ。

絶対俺のほうがつきあった人数は多いのに……なにやってたんだよ！　全然実力が伴ってないじゃん。

つきあったといっても、樹の場合は目的ありきの手段だったし、交際そのものは作業のようなものだった。目の前に相手はいたけれど、ひとりで食べて、映画を見ているのと大差ない。会話も憶えていないし、セックスですら自慰のようだったと、振り返って思う。

こんなふうに目が合うだけでドキドキしたり、手の動きに見惚れたり、体温を感じて嬉しかったりするのは、相手が加藤木だから――どうしようもなく好きな相手だからなのだろう。

初恋は加藤木で、二度目の恋も加藤木で、樹にはそのふたつだけだ。だから拙くて、加藤木の態度や言葉に大きく反応する。

そうなんだから、しかたないだろ……。

樹はスモークサーモンを載せたチーズを、震えそうな指先で加藤木の口元に近づけた。加藤木は舌を伸ばして、サーモンを掬い取ろうとする。その動きに、目が離せない。

「……エロいんですけど」

「そう見えるようにやってる。たとえばこれがお前の舌だとすると、こう――」

「食べ物で遊ばないでくださーい！」

樹はサーモンとチーズを加藤木の口に押し込み、熱くなった頰を扇ぎながらワインを飲んだ。

「うん、旨い。食べさせてもらうと格別だな。けど、ポンレヴェックはこっち」

樹の鼻先に、クラッカー大にカットされたチーズが突きつけられた。ウォッシュタイプのチーズは匂いのきついものが多いが、これはそれほどでもない。

樹が口を開こうとすると、先に加藤木が半分ほどを咥えた。その状態で樹を促す。

「……それって、棒状のお菓子でやるもんじゃないの」

樹の呟きを無視して、加藤木はさらに顎を突き出した。

しかたなく、そしてちょっとドキドキしながら、樹は唇を近づけた。

こんなことでときめいてるって……中学生かよ。

チーズはクリーミーで、ねっとりとした触感だった。軽く唇が触れ合い、びくりとした瞬間、チーズが切れる。

あっ……。

唇を押しつけ合ったまま、チーズを咀嚼《そしゃく》する。チーズなのか加藤木の舌なのかわからなくなってきて、呑み込むのに戸惑った。

「早く食べて……待ちきれない」

唇を舐められ、舌を差し入れられそうな勢いに、樹は慌ててチーズを嚥下《えんげ》した。こくり、と喉が震える。

すかさず加藤木がキスを仕掛けてきたので、樹はとっさに両手を突っ張った。

「まだっ……まだ呑み込めてない、っていうか……口の中にチーズがへばりついてて……」

「ついでに舐め取ってやる。いっそう旨いチーズになってるだろう」

「……な、なん……」

樹は加藤木を押し返しながら、ベッドの上で後ずさった。防御するようにしっかりと片手で口元を覆い、忙しなく口の中を掃除する。

なんなの、こいつ……そういう趣味？　ハードルが高いんですけど！

「ワ、ワイン取って……」

加藤木は樹のグラスを手にしたが、自分でそれを飲もうとしたので、阻止して奪った。

「もう口移しはいいってば」

「照れるな」

「照れてない！　ついていけない気がしてるだけ。……そういうタイプだったんだ？」

「おまえが口をつけたものなら、カップや皿まで舐め回したいくらいだ」

「……堂々と言うなよ……俺も妙な性癖だったけど、おまえには負けるわ」

「これくらいふつうだろ。おまえ限定だし」

……また、そういうことを言って嬉しがらせる。

飲み干したワインのせいでなく頬が熱くなるのを感じながら目を上げると、加藤木がにんまりとしていた。

ほんとに好かれてるんだな……。

数時間前までは別れに怯えていたのに、もうそんな不安を感じる必要はないのだということが、まだ信じられないくらい嬉しい。たぶんこれを幸せというのだろう。

幸せの定義なんてまともに考えたこともなかったし、自分が幸せかどうかもわからなかったけれど、きっとこれがそうだ。

「……まあ、いいけど」

「そうか？　実はやりたいことがいろいろある」

「えっ？」

樹はぎょっとしながら、加藤木がトレイやワインボトルをアームチェア前のテーブルに移動するのを見つめた。

どんなリクエストが出てくるのか。安易に了承したのは早まっただろうか。

「本当なら高校時代からつきあえたわけだろ？　この十年、歳相応のつきあいが抜けてる分、それを取り返したいと思ってる。水族館とか、ファストフードデートとか」

「あ……ああ、そういうこと」

なにを言いだすかと思ったが、可愛いところもあるではないか。空白を埋めたいとまで思ってくれているなら、樹も異論はない。

「いいね。じゃあ、明日はどっか行く？」

ベッドから下りてグラスをテーブルに置くと、加藤木に手を引かれた。

「明日と言わず、今できることがある」

加藤木はウォークインクローゼットのドアを開け、カバーがかかったハンガーを取り出した。

「これを着てほしい」

「なに……？」

樹は躊躇いなくカバーを開けた。透けて見える様子からしてジャケットのようで、セーラー服やナースといったコスプレではないと判断できたからだが――。

「……これ……制服⁉」

見覚えのあるエンブレムを発見して、樹は声を上げた。濃紺のブレザーの内側には、チェックのスラックスとレジメンタルストライプのネクタイも見える。間違いない、英成学院の制服だ。

「正解」

「正解って……これ着ろって？　おまえのだろ？　サイズが合わないって。ていうか、俺いくつだと思ってんだよ？　おまえと同じ二十六歳だぞ」

「全然ＯＫだろ。むしろそそる」

「なに言ってんだ！　今さらだけど、とんでもない変態だなおまえ！」

「わかってないな、樹」

加藤木はやれやれと首を振って、樹のバスローブを肩から下ろした。

「俺はただひとえに、高校時代を懐かしみたい。あのころの輝いていたおまえを思い出したいっていう純粋な気持ちなんだ」

シャツを着せかけられながら、樹は言い返した。

「今は輝いてないってか？　どうせな、おまえと比べりゃ――」

「言葉のあやだろ。はい、ズボンに足入れて」

「ちょっ、パンツは⁉」

「いいいい、そのままで」

ベルトでウエストを調整しながら、加藤木が呟く。

「俺のズボンをおまえが直穿きしてるかと思うと興奮する」

「どこが純粋な気持ちだ！」

言い合ううちに身支度が整った。

「ああ、懐かしいな」

満足げに目を細める加藤木に、樹も鏡を振り返った。覚悟していたほどの違和感はなかったが、やはり高校生には見えない。このままの格好で外に出たら、絶対に奇異な目で見られること請け合いだ。

「……やっぱでかいし」

「いや、大きめの制服の新入生っぽくていい」

力強く言い返す加藤木に、樹は呆れた。他人の発言ながら、なんて図々しい。

「新入生って十五歳だろ。無理ありまくり――」

「樹」

両腕を摑まれ、樹は目を上げた。

「告白嬉しかった。つきあおう」

なんだそれは。十年前の再現か。笑い飛ばそうとしたが、加藤木が真面目な顔をしているので、次第に胸が高鳴ってくる。場所は告白の定番、体育館の裏でもないし、加藤木はすっかりおとなでバスローブという格好で、傍から見る者がいれば犯罪まがいの場面だが、トラウマとなっていた十六歳の失恋が、時空を超えて塗り替えられていくような気がした。

「……加藤木……」

樹も加藤木の胸に身を預けた。背中に回った手が、樹をすっぽりと包む。緩めのシャツとブレザーの上から撫でられて、中で身体が泳いでいる。

「やっぱでかいな」

「触り心地はいい」

スラックス越しに尻を掴まれ、樹は腰を引いた。この場合、逃げるには前に腰を突き出すことになり、当然のことながら加藤木と密着する。下腹にはっきりと硬い感触がぶつかって、樹は焦った。

「ちょっ、当たってる……」

「当ててるんだ」

ぐりぐりと擦りつけられて、樹も誘われるように萌《きざ》してきた。

「……高校時代を回想してるんじゃなかったのかよ。告白していきなりエロいことするつもりだったのか？」

「まさか。そこまで度胸はなかった」

そう言いながらも、加藤木は尻たぶを揉《も》みながら、布越しに己のもので樹を攻め立てている。

「でも、告白して顔を真っ赤にしてるおまえを見ながら、制服を引っぺがす想像はしてたな。どんな裸なんだろうとか、どんな声を出すんだろうとか」

「あっ、あんな怒ったような顔してたくせに、頭の中はそれかよ！」

「いっそこの場でOKして、やることやっちまおうかとも思った」

加藤木の言葉に、樹もまたそんな光景をシミュレーションしてしまい、ペニスが完全に上を向く。

スラックスの上から爪で引っ掻かれて、膝が崩れそうになった樹を、加藤木はクローゼットのドアにもたれさせた。

「でもそこまで進んで、俺の本気をおまえに伝えきれるかどうかが心配だったし、慌ただしく済ませるのも惜しかったし、準備がなくておまえに痛い思いもさせたくなかったし……次の日から離れ離れになるのが、よけいきつくなるに決まってたし」

「……あ……あ、あっ……」

ファスナーが下ろされ、ペニスを掴み出された。壁ドン状態で下肢を弄ばれるというシチュエーションに加え、間近から顔をガン見されている。いっそキスしてくれればいいのにと顔を上げると、加藤木が舌を差し出した。つられるように樹も舌を伸ばして、ワインとチーズの風味を味わう。

しかし唇を合わせることなく加藤木は顔を離し、樹を見つめたままゆっくりと跪《ひざまず》いた。それを目で追う樹の視界に、己の勃起が割り込んでくる。

え……？　もしかして……。

加藤木はペニスに添えていた手を持ち替え、口を近づける。吐息を感じて、樹のものはぴくんと震えた。その弾みに、先端の孔からしずくが溢れる。

「汚すなよ。大事に取っておいた制服だ」

そうさせているのは加藤木じゃないかとか、嫌なら初めから着せるなとか、浮かんだ言葉はなにひとつ声に出せず、樹はドアに後ろ手をついて身体を支えるので精いっぱいだ。

しかし加藤木を押しのけようとは思わないあたり、自分もまたこの状況に興奮しているのだろう。

いや、制服なんか着なくても、ふつうのベッドインだったとしても、樹は同じように夢中になっている。なぜなら、想いを確かめ合って初めてのセックスなのだ。

だから多少マニアックな行為になろうと、拒む気はさらさらない。むしろ、早くどうにかしてほしくて――。

「……な、舐め……て……」

気づいたときにはそう口走っていた。加藤木が目を見開いたのを見て、そうと気づいたくらいだ。

樹が狼狽える前に、加藤木は目を細めた。

「言われなくても」

「……んっ……」

先走りを舐め取られ、足りないというかのように舌先で孔を擽《くすぐ》られる。それだけで腰が砕けそうになったのに、先端を含まれて舌を絡められ、樹は仰け反って喘いだ。

いつの間にかベルトとフックを外され、オーバーサイズのスラックスが足元に落ちる。シャツの裾も太腿まで届くほどで、じゃまだったのか、加藤木は下からボタンを外した。

深く吸い上げられて恍惚《こうこつ》としていた樹は、胸に這い上がってきた指先に身を捩る。

「だっ、だめだって！　あっ……」

「こんなに硬くしといて、よく言う」

フルートでも奏《かな》でるかのように、加藤木は幹を唇で食みながら言い返した。

「や、やりながら喋る、な……っ、い、息が……ていうか、マジに胸はやめて……どうにかなりそう……」

「そんなに乳首が気持ちよくなっちゃったか」

「違う！」

「ああ、前からか。じゃ、最近とみによくなったらしいところにするか」

胸から感触が引いてほっとしたのもつかの間、内腿を撫で上げるように滑った指に、尻のあわいをなぞられた。しかも指先がぬめりをまとっている。

「なんでローションがついてるんだよ！　あっ、あぁっ……」

「高校生の俺とは違う。今はもう、いつだって準備万端だ」
一、二度行き来した指はすぐに後孔を捉えて、円を描くように撫で回す。
「やっ、やだ……っ……」

「やだ？　やれやれ、注文が多い」

加藤木は樹を反転させてドアにしがみつかせると、腰を引き寄せながら脚を大きく割った。尻たぶをちょっと摑んだだけで、きっと後孔が露《あら》わになっている。

「舐めてほしいのはこっちか」

「ああっ……あ……」

熱い舌に嬲られて、樹は感じ入った声を洩らした。小刻みに揺れながら窄まりを進み、固く閉じていたはずの襞が綻んでいく。

同時にローションにまみれた指がペニスに絡みつき、緩くきつく締めつけながら扱かれて、樹は我知らず腰を揺らしていた。

「んっ……」

指が隘路《あいろ》に忍び込んできた。立ったままのせいか圧迫感を覚えながらも、もっと欲しくて自分から奥へと誘ってしまう。一瞬はしたないと思いはしたが、誰に遠慮をすることがあるだろう。もう加藤木は樹だけのものだ。

「……っも、いい……から、早く……っ……」

「まだ指一本だろ、一年四組の副島くん」

思わず笑ってしまい、加藤木の指を締めつけたようだ。「焦らすなよ」と唸るように呟いた加藤木は、樹の背後に立つと脚を閉じさせて、隙間に怒張を捻じ込んできた。

「なっ……なに……?」

指は後孔に埋まっていて、その抜き差しとタイミングを合わせるように、加藤木のものが太腿の間を行き来する。身体の外側から前立腺を攻められるようで、さらに先端で陰嚢を突かれて、ペニスは加藤木の手に扱かれるという、樹は困惑するような快感に、身を捩りながら嬌声《きょうせい》を上げた。

「……い、いっていい……？　あ、あっ……」

「俺を置いて？」

「だっ……て、もうっ……」

「俺のを入れたくない？　こんな指じゃなくてさ、もっとここをいっぱいに広げて、ずっと奥のいいところを擦ってほしくない？」

「あ……あ……ああ……っ……」

想像してくらくらする。それでなくても加藤木の動きが激しくて、視界が揺れまくっているのだ。

「いっ……入れたいっ、おまえが欲しい……だから早く――」

ぬぷっと指が抜かれ、その衝撃に樹は放ってしまうかと思ったが、加藤木の指にペニスを握られて、せつなく喘ぎながらドアに頬を擦りつけた。はしたないほどにヒクつく後孔に、熱く硬いものが押しつけられる。

「ああっ……」

押し開かれていく感覚に総毛立ち、限界まで昂っていたペニスが指の縛《いまし》めを押し返すように脈打った。樹の声と加藤木の呻きが重なる中、侵食してくるものを歓喜する肉が食い締める。

加藤木の指が離れ、解放されたペニスから残滓《ざんし》が滴り落ちて、樹は絶頂を反芻しながら甘い呼吸を繰り返した。

「フライングだ」

余韻に蠢いて怒張に絡みつく内壁を、加藤木は味わうように腰を動かし始める。静まろうとしていた樹の中は、慌てたようにその感触を追った。

「……だ、だって……我慢できな――あっ、ま、待って……そんな強くしないで。またっ……」

狙い澄ましたように弱いところを突かれ、新たな悦びに目を覚ました身体は、与えられる刺激に同調する。

「ああ、ほんとだ。もう硬くなって、ぬるぬるしてきてる。ん？　もしかしていってるのか？」

「ちが……っ……」

正直なところ、樹にもよくわからない。予期せぬ絶頂をさらに止められたせいで、出しきれてないような気もする。

「これは一回にカウントするべきか、それとも二回目か」

加藤木は機嫌のよさそうな声で言いながら、シャツの残りもボタンも外していく。ネクタイは締めているが、ブレザーもシャツも全開、おまけに下半身はすっぽんぽんで結合中という状況に、さすがに樹も我に返った。

「そんなことより、脱がせるならちゃんと……あっ、あっ……」

左右の乳首をつまみ上げられて、樹は上体を捩る。ローションだか先走りだか、はたまた精液だか知らないが、ぬめる指先で捏ねられると、快感が背筋を伝う。加藤木を受け入れた肉筒まで震えて、気持ちよさに自ら腰を振り立てた。

「全部脱がせたら意味がないだろ。それよりどうする？　シャツがべとべとだ。大切な思い出の制服なのに」

律動に揺れて跳ねるペニスに、同じく動くたびにシャツの裾がふわりと覆い被さり、ときおり張りついてはえも言われぬ感触に襲われる。

「しっ、知るか……どうせ、さっきまで仕舞い込んだままだったくせに、んっ、あっ……」

「そんなことない。絶対、制服姿が見たいって……思ってたっ……」

「……あっ……わ、わかったよ！　弁償すればいいんだろっ……あっ……」

樹だけでなく加藤木まで息が乱れる。もう埒《らち》もない言い合いなど放棄して、セックスに集中したい。

「あっ、そこっ……」

思いきり擦られて、樹は背筋を撓らせた。悦びにうねる肉壁を、削り取るような勢いで加藤木の怒張が行き来する。

「いいっ、いいっ……あ、ああっ……」

息もつけないような絶頂のうねりに身を震わせる。放置されていたペニスから精液が迸るたびに、後孔がしゃくりあげるように加藤木を締めつけた。

加藤木はそれを押し返す勢いで樹を深々と貫き、強い脈動を樹の中で響かせた。

ほとんどドアと加藤木に挟まれるような体勢で喘いでいた樹の耳元で、「ごめん……」と囁きが聞こえた。

「……いいんじゃない、こういうのも」

自分もノっていたのは事実なので、謝られても返答に困る。それにしても、こんなことで加藤木が謝ってくるのが意外だ。

「いや、そうじゃなくて――」

まだ樹の奥深く居座っているものが、動いて存在を主張する。

「夢中になって忘れた」

目の前に封を切っていないコンドームが差し出されて、樹は目を瞠った。

「……いいんじゃない、初めてだけど」

「マジか！」

加藤木が勢いよく離れると、一拍遅れて生温かい感触が内腿を伝った。

「うわ……なんかリアル……今どきゴムは常識だろ。ていうか、どうすりゃいいんだ、これ……あっ……」

床まで落ちるのを防ぎたいのに膝ががくがくして、加藤木に掴まっていないと座り込んでしまいそうだ。ベッドルームの床は天然木を張り直しているので、妙なシミがついたら泣ける。

「ああ、ベッドへ――」

「だめだって！　そのムートン、トスカーナ産の一枚ものだぞ！　コートに使うような高級品なんだから！」

樹の剣幕に、加藤木はバスローブを脱ぐとそれで樹を包み、抱き上げた。

「うわあ！」

「暴れるな。さすがに男を抱き上げて余裕はないぞ」

言葉の割には軽々と樹を抱いて歩き、最後まで力尽きることもなく静かにベッドに下ろした。

ベッドの脚元に敷かれたムートンを庇う樹はようやくブレザーとシャツを脱ぎ、ネクタイも外しながら加藤木に指示を出す。

「ベッドカバーもウールだから、剝がして向こうに置いて。ああっ、バスローブどうしよう……ふつうに洗って落ちるもの？」

「病原菌みたいな扱いだな」

加藤木の呟きに、樹ははっとした。

「い、いやそんな……汚いとか、そういう意味じゃなくて……ほら、生は初めてだから焦って……」

「俺だってそうだ。安全っていうかエチケットとして」

加藤木は全裸のまま、樹の横に寝そべった。今さらながら均整のとれた肉体に見惚れていた樹は、聞き流しそうになった言葉を引き戻す。

やっぱりさすがに童貞ではなかったか。いや、べつにいいんだけどね。人のこと言えた義理でもないし。ていうか、俺が初めてだったら申しわけない。

しかし樹の沈黙をどう取ったのか、加藤木が身を乗り出してきた。

「誤解するなよ。おまえを忘れてたわけじゃなくて、別個の話っていうか……単に経験を積んだだけだから」

「むきになるなよ。なんとも思ってないし」

「恋愛ということならおまえだけだ」

「うんうん、そういうことなら、ちゃんと安全対策もしておかないとね。責任を負いかねるんだし」

「そう。けど、おまえとは生でやりたいと思ってた」

どさくさに紛れた発言に、樹は目を瞠った。なにを堂々と言っているのか、この男は。

自分ばかりが妙な性癖を持っていると思っていたが、どうしてどうして加藤木もちらほらとおかしい。

「なにそれ？　俺には気をつかわないでかまわないって？」

「違う。なにがあっても責任を取る覚悟があるということだ。一生の関係なら、結婚したのも同然だろ」

「生でやっても子どもはできないけどね——あっ……」

引き寄せられ、加藤木の隣に横たわる。背中を抱いていた手がつっと下がって、まだ柔らかく濡れている後孔に触れた。

「できても大歓迎だぞ」

「ばっ……か、できるか！」

「ついでに言えば、できなくても全然問題ない。おまえだけに愛情を注げる。こうして俺が中出しするたびに、愛情を注いでると思ってくれていい」

差し入れた指が動くたびに、粘ついた音が響く。

「ほんっと、ばかなこと言ってる……あ、あっ……」

仰け反った胸に、加藤木は舌を伸ばした。揶うように舐められて、たちまち乳首が硬く尖る。それを柔らかく噛まれると、後孔に埋まった指を締めつけてしまう。

「さっきは後ろからだったからな。今度はちゃんと顔が見たい」

差し入れられたままの指に誘導されるように、樹は身を起こして加藤木の腰を跨《また》いだ。すでに加藤木のものは力強くそそり立っている。

「……うまく動く自信がないんだけど」

そう言ったものの、指が抜かれるとせつなくて、自分から加藤木の怒張に手を添えていた。何度か角度を調整して、息をつきながら腰を落としていく。

「……んっ……う……」

加減がわからなくて、少しずつ埋めていく。ふと加藤木を見ると、眉をひそめて息を詰めていた。なんとも悩ましいその表情に、そうさせているのが自分だと思ったら、どうしようもなく興奮した。同時に、加藤木が愛しくてたまらなくなる。

一気に残りを呑み込んで、その充溢感《じゅういつかん》に陶然《とうぜん》となった。気の持ちようと言われればそれまでだけれど、こんなに熱くて硬かっただろうか、伝わる脈動はこんなに大きかっただろうかと思う。

それだけではない。加藤木の想いまで伝わってくる気がした。直接触れ合うことに、愛情と興奮が倍増しする。

「……なんか、もう……いきそう……」

加藤木の脈動に合わせて身体が震え、勃起したペニスの先端から溢れたしずくが糸を引く。

「まだだ。もっとつきあえよ」

腰を摑まれ、引き寄せられながら捻じ込まれる。

「あっ、いっぱいだって……もう入らな……っ、あ……」

「もっと入りたい」

加藤木の胸に両手をついて、強い突き上げから逃れようと腰を浮かせるが、その分勢いをつけて貫かれ、身体を走り抜ける快感に樹は喘いだ。

「だめ……動けな……あっ、……ああっ……」

ふいに加藤木が上体を起こし、樹は膝の上に乗せられて抱き合う体勢になった。

「動けないなら、俺が動く。その代わり覚悟しろよ」

強い力で身体を揺らされ、沈むタイミングに合わせて突き上げられる。どこまで加藤木に侵食されているのだろう。まるで身体の中すべてが埋め尽くされているようだ。こんなセックスは味わったことがない。

「……あっ、ああっ、な、なに……？　こんなの、違う……知らない……っ、んあっ……」

「愛があるからだろっ……」

なんて陳腐《ちんぷ》なセリフだろうと笑おうとしたが、瞼が熱くなった。愛し合っているからこんなに感じるのだと言うなら、それでいい。それがいい。

身体の震えが大きくなる。断続的に手足が跳ねて、それでも加藤木にしがみつこうと必死になって、怒張も締めつける。

加藤木の荒い息が胸元を湿らせ、乳首が痛いほど疼く。硬い腹筋に擦りつけられるペニスは蜜にぬめり、今にも弾けそうだ。

「……好き……っ……」

すべて加藤木のせいだ。加藤木を好きだから――。

弓なりに反り返って達する。射精の解放感に後孔が歓喜して、そこにある加藤木を誘惑する。

愛を示せ、と。

加藤木もまた低く呻いて、樹を強く抱きしめながら愛情を注いだ。

二月の東京にしては格別に寒い日、樹は加藤木と一緒に、代官山《だいかんやま》の駅近くの真新しい建物を訪れていた。

「一階がガレージで、二階が応接室とオフィス。三階はサーバールームと個室かな」

「サーバーって、こんな建物でいいの？」

「とりあえずは。それでも見かけよりは堅牢《けんろう》に建ててある。まあ、おいおい規模が大きくなったら、また新しく建てればいい」

都内に事務所を作ると聞いて、樹は内装とインテリアを請け負ったのだが、ふたを開けてみればビルのフロアを借りてなどではなく、建物から造っていた。ちなみに慎太郎に持ちかけて、『オオミネ建設』で施工したそうだ。

「慎ちゃんも全然言わないし……いつから建ててたんだよ」

「帰国する半年前から」

けろりとした顔で答える加藤木に、樹は頬を膨らませた。言ってみればキューピッドの慎太郎だが、加藤木とふたりで組まれ、自分が蚊帳《かや》の外だったとわかると面白くない。妬《や》く必要もないとわかってはいても。そのくらい、樹は加藤木にぞっこんだということなのだろう。

それにしても、年が明けてからグローリータワーに引っ越して同居を始めたが、まだまだ知らないことがありそうだ。

事務所の目的も、新しい事業を考えているからとしか聞いていない。『タッチュー』は創設時の仲間に任せて、ＣＥＯを引くそうだ。

樹のために日本に拠点を置くことにしたためなのかと気になったが、加藤木曰く「『タッチュー』で試したいことは全部やった」とのことだった。

まあ加藤木なら、新しい挑戦もうまくやっていくのではないかと思う。

プライベートも楽しくやっている。年末年始は一緒にニューヨークへ行き、加藤木の仕事仲間にも紹介してもらった。常々加藤木から盛りに盛った樹像を聞かされていたそうで、実物との落差を感じているだろう彼らの前で、樹はいたたまれなかったが。

美術館や博物館、有名インテリアメーカーのショールームなどを見学しただけでなく、現地の住まいを見ることができたのも収穫だった。おかげで仕事始めからやる気がみなぎっている自分を感じている。

加藤木から必要な家具類を訊き出し、大まかな配置を相談したところで、オフィスを後にした。今日はこれから、『アンクル』へ行く予定だ。

「いらっしゃーい！　あら！」

樹の後ろに加藤木の姿を見つけたのか、ママは珍しくカウンターの中から出て迎えてくれた。

「やあだ、たっちゃん！　話よりずっといい男じゃないのよ！　ああん、どうしよう！　こんなことなら着物を着てくればよかったわ」

「いいえ、タイガーストライプもお似合いです。先日は電話でどうも。加藤木です」

如才なく加藤木が手を差し出すと、ママは身をくねらせながら両手で押し抱いた。

「ええ、節分なので鬼のトラパンを意識して。改めて初めまして、萬里小路《までのこうじ》ですぅ」

「えっ、なにそれ本名？　初めて聞いた」

驚く樹と加藤木に、ママはカウンターのスツールを勧める。

「いい男にしか教えないのよ。さ、なに飲む？　ビール？」

三人で乾杯して、樹は尋ねた。

「その後、どう？　来てる？」

「舘さん？　たまにね。気にしなくていいわよ。なんだか大学生の彼氏ができたみたいだから。もっと洒落た店に行きたがるんですって」

「あ、そう……」

樹が安堵すると、横から加藤木が口を開いた。

「伺《うかが》う前には連絡するので、鉢合わせしそうなときは教えてください。念のために」

「んふふー。愛されちゃってるわね、たっちゃん」

ママは煙草をふかしながら、三日月《みかづき》のような流し目をくれた。

「……おかげさまで」

これまでの樹なら「そんなことない」とか「鬱陶《うっとう》しくて」とか言うところだが、素直に頷いた。

蜜月期ということを差し引いても、加藤木の愛情は常に感じている。

「そうよ、アタシのおかげよ。でもほんとよかったわあ。これで肩の荷が下りたってもんよ。失恋マニアなんて、誰も楽しいことじゃないんだから——はーい、いらしゃーい！　こちらにどうぞ」

新しく入ってきた客をもてなしながら、ママは樹と加藤木に梅干を出してくれた。

「飲んでてちょうだい」

客の相手をするママを見ながら、樹は囁く。

「気に入られたね。初回でこれは出してくれないんだよ」

「そりゃあ光栄だ。いい人じゃないか。おまえのことを心配してくれてたみたいだし」

「うん、そうだね」

互いにビールを注ぎ合いながら、もう一度グラスを合わせる。

「それにしても、なんで失恋マニアになんてなったんだろ。まあ、あれがトラウマだったたってのはわかるんだけどさ」

トラウマの回避や対処は人それぞれだろうけれど、樹の場合は極端に走りすぎだったと思う。それくらい加藤木とのことがショックで、またそれだけ加藤木を好きだったということなのかもしれないが——。

あのままだったら、きっとヤバい目に遭ってたよな。ママのセリフじゃないけど、刃傷沙汰も

あったかも。

「失恋なんてしてないだろ」

加藤木の言葉に、樹は隣に目を向けた。ビールを飲む喉が上下し、セクシーさに目を奪われる。

「そもそも恋をしてない。あんなのはただの遊びか気休めだ。おまえは俺しか好きになってないし、恋愛成就してるだろ」

切れ長の目が自信満々な光をたたえて、樹を捉えた。

「……言うね。でも、そうかも」

樹は笑って、加藤木の肩に頭をもたせかけた。

END

こんにちは、浅見茉莉《あさみまり》です。この本をお手に取っていただき、ありがとうございます。

今回のテーマは、失恋で快感を得る人です。

恋愛でヒーローやヒロインになってしまう人は少なからずいると思うのですが、状況がきびしくなったときにその度合いが増すというのは、かなりの捻くれ者さんですよね。

あるいは、悲劇の主人公が好きなナルシストかも。この場合、恋愛のほうは二の次で、その立場に置かれた自分がメイン。極端な話、恋愛も相手もどうでもいいというか。

受はたぶんそんな感じで、九十九回もの失恋遊戯を楽しんできたのでしょう。失恋どころか、実際には恋愛すらしていなかったわけですが。

そんな受のお相手は、今をときめくスパダリです。顔よし頭よしお金持ち！

ずいぶん前に三高なんて言葉が流行りましたが、そんなもん目じゃありません。美点を数えるなんて野暮。数えられる程度の長所しかないなんて

あとがき

残念！　世の中はパーフェクトを求めているのです！

……いや、実際にはそうそう見つかるもんじゃないですけどね。むしろ欠点のひとつやふたつ、味だと思うのです。

しかしここは、流行りに乗っかってスパダリです。

書き上がってみれば、妙な性癖の受も、鼻持ちならないほど鷹揚に構えているふうの攻も、なかなかどうして純愛しておりました。

あ、作中でふたりが水族館でパンダイルカを見ますが、現在関東地方には飼育している水族館はないそうです。見に行きたかったなあ、残念。オスのお腹には、黒いハート模様があるそうです。

そして忘れてはならない『アンクル』のママ。こういうキャラがいると楽しく書けますね。世話焼きのママにも、いつかきっとすてきなパートナーが見つかるはず！

書きやすかったと言えば、受の従兄もそうでした。どうも私は、攻以外で受を溺愛するポジションのキャラが好きなようです。

古澤《ふるさわ》エノ先生には、キュートな樹《たつき》とイケメンの加藤木《かとうぎ》を描いていただきました！　ラフにはタッチューのキャラマークまで描いていただいて、その可愛さにニヤニヤしてしまいました。

担当さんを始めとして制作にかかわってくださった方々にも、お礼申し上げます。

お読みくださった皆さんも、ありがとうございました！　感想などお聞かせいただければ励みになります。

それではまた、次のお話でお会いできますように！

CROSS NOVELSをお買い上げいただき
ありがとうございます。
この本を読んだご意見・ご感想をお寄せください。

〒110-8625
東京都台東区東上野2-8-7　笠倉出版社
CROSS NOVELS 編集部
「浅見茉莉先生」係／「古澤エノ先生」係

CROSS NOVELS

依存性失恋マニア

著者
浅見茉莉

2017年4月23日　初版発行　検印廃止

発行者　笠倉伸夫
発行所　株式会社 笠倉出版社
〒110-8625　東京都台東区東上野2-8-7　笠倉ビル
[営業]TEL　0120-984-164
FAX　03-4355-1109
[編集]TEL　03-4355-1103
FAX　03-5846-3493
http://www.kasakura.co.jp/
振替口座　00130-9-75686
印刷　株式会社　光邦
装丁　斉藤麻実子〈Asanomi Graphic〉
ISBN 978-4-7730-8850-2
Printed in Japan